Asgjë Nuk Mund T'i Shpëtojë Fatit Tuaj

Asgjë Nuk Mund T'i Shpëtojë Fatit Tuaj

Aldivan Torres

aldivan teixeira torres

CONTENTS

1   1

Asgjë Nuk Mund T'i Shpëtojë Fatit Tuaj

Aldivan Torres

Asgjë Nuk Mund T'i Shpëtojë Fatit Tuaj

Autor: Aldivan Torres
© 2020- Aldivan Torres
Të gjitha të drejtat e rezervuara

Ky libër, duke përfshirë të gjitha pjesët, është i mbrojtur nga e drejta e autorit, dhe mund të mos riprodhohet pa lejen e autorit, ose të transferohet.

Aldivan Torres, është një shkrimtar i konsoliduar në disa zhanre. Deri më sot ka tituj të botuar në dhjetëra gjuhë. Që në moshë të re, ai ishte gjithmonë një dashnor i artit të shkrimit duke konsoliduar një karrierë profesionale nga gjysma e dytë e vitit 2013. Ai shpreson që me shkrimet e tij të kontribuojë në kulturën ndërkombëtare, duke ngjallur kënaqësinë e leximit të atyre që nuk e kanë ende zakonin. Misioni juaj është të fitoni zemrat e secilit nga lexuesit tuaj. Përveç literaturës, shijet e saj kryesore janë muzika, udhëtimi, miqtë, familja dhe kënaqësia e jetesës. "Për letërsinë, barazinë, vëllazërinë, drejtësinë, dinjitetin dhe nderin e që nga fillimi njerëzore gjithmonë" është motoja e tij.

Asgjë Nuk Mund T'i Shpëtojë Fatit Tuaj
Asgjë Nuk Mund T'i Shpëtojë Fatit Tuaj
Pas një udhëtimi të gjatë
Hanumantal Bada Jain Mandir
Shenjtërorja e parë
Në skenarin e dytë
Në skenarin e tretë
Në skenarin e katërt
Në skenarin e pestë
Në skenarin e gjashtë
Në skenarin e shtatë
Në skenarin e tetë
Bujku i pasur dhe e reja e përulur
Lamtumirë.
Duke punuar në bar
Këshilla
Puno në fermë
Bashkim familjar
Dhëndëri nderohet
Udhëtimi.
Një muaj në qytetin e Rio Branco
Reagimi i familjes Roza
Kthimi në Cimbres
Përpjekja e ish- dhëndrit për pajtim
Festimi i dasmës
Lindja e fëmijës së parë
Krijimi i tregtisë së parë
Hapja e tregut
Begati
Familja
Periudha dhjetë-vjeçare

Ribashkim
Njohja e rolit të saj në shoqëri
Kërkimi i ëndrrave
Përvojat e fëmijërisë
Askush nuk e respekton orientimi seksualin tim.
Gabimi i madh që bëra në jetën time të dashurisë
Zhgënjimi i madh që pata me bashkëpunëtorët e punës
Parashikimet e mëdha për jetën time
Shenjtori që ishte biri i një farmacisti
Udhëtimi.
Mbërritja në seminar
Vizita e Zonjës sonë
Një mësim mbi fenë
Bisedë në seminar
Hyrja në kongregacionin pasionit
Duke vizituar vendin si misionar
Në një fshat në Jug të Italisë
Vdekja e themeluesit të kongregacionit
Emërimi në postin e Peshkopit
Pushtimi i Napolon Bonaparte
Periudha e mërgimit
Lamtumirë misionit
Jabalpur- 4 janar 2022

Pas një udhëtimi të gjatë

Sapo zbrita nga avioni dhe isha në ekstazë në përhapjen e rajonit indigjen. Ishte një peizazh vërtet e mahnitshme. Me lehtësimin e krijuar midis maleve, këmbësorëve, makinave dhe kafshëve që konkurrent për hapësirë, India ishte një vend tepër ekzotik. Ndihesha veçanërisht mirë në atë hapësirë të veçantë dhe mistike.

Duke u larguar nga avioni, shkoj në aeroport pak i çorientuar. Komunikoj në anglisht dhe një nga personeli i zonës më çon në një taksi. Qëllimi ishte të shkoja në hotel ku prisja tashmë.

Futem në taksi. Përshëndete shoferin dhe të jap adresën që do. Unë ulem rehat në stol e pasme dhe pastaj ndeshja jepet. Puna ime e parë në vend fillon. Për një çast, mendimet e rëndësishme më shohin mendjen. Çfarë do të ndodhte? A isha i përgatitur për sfidën? Ku do ta gjeja mjeshtrin? Në atë kohë kishte shumë pyetje pa përgjigje.

Qyteti më dukej shumë i mirë. Të magjepsur nga ajo, përparuam në rrugët e ngushta sikur të mos kishte kohë. Dukej se rruga e ndriçimit u shpërnda me kohë dhe hapësirë. Dukej se dyshimet e mia ishin më të mëdha se çdo gjë tjetër. Por gjithashtu, kureshtja dhe vullneti për të fituar më mbushën plotësisht dhe më bënë një njeri me të cilin të punoja. Thjesht nuk e dija se kur ose si do të ndodhte kjo.

Kjo më çon në një pasqyrim të madh që përfshin jetën time dhe karrierën time. E shihja jetën si një sprovë të madhe frymore. Njeriu është mbjellë në mjedisin shoqëror, lindin vështirësi dhe mënyra për t'u përballur me to, dhe varet nga ne për të ndarë. Nëse jemi pasivë në jetë, nuk do të korrim asgjë. Nëse jemi aktivë në projektet tona, do të kemi mundësinë të fitojmë ose të dështojmë. Nëse dështojmë, mund të përfitojmë nga përvoja e fituar në situata të reja. Nëse fitojmë, mund të gjejmë një ëndërr të re që të mund të pushtojmë mendjen tonë. Sepse njeriu është ky: ai jeton në kërkim të vazhdueshëm të Perëndisë dhe të vetvetes.

Duke kaluar në ato rrugë, shoh pasojat e varfërisë dhe pasurisë së trashëguar nga popullsia. Asgjë nga këto nuk është karma. Çdo gjë mund të modelohet sipas vullnetit tonë. Dhe kjo nuk është as një çështje egoizmi. Është një mënyrë për të arritur synimet e tua, sepse asgjë nuk ndërtohet në tokë pa paratë. Pasja e parave nuk të jep përgjegjësi me evolucionin tënd. Ne gjithmonë duhet të ushtrojmë bamirësi për të zbuluar lumturinë e vërtetë dhe takimin me krijuesin e të gjitha gjërave.

Më në fund vjen taksia. Ngjitem në shkallët e hotelit dhe rehatohem në një apartament në katin e parë. Bëj gati valixhet dhe ndihem e lirë. Pas kësaj, largohem nga apartamenti dhe flas me një nga personeli i zonës. Njëri prej tyre është jashtëzakonisht i interesuar për shtëpinë time dhe është i gatshëm të jetë udhërrëfyesi im.
Darka
Më pëlqeje vërtet. Qëndrimet e tua, veprimet e tua, mënyra jote e të entitet më duken jashtëzakonisht të veçanta. Si e ke emrin dhe nga vjen?
Ngjashëm Perëndisë
Emri im është Hyjnor, bir i Zotit, shikuesi ose Aldivan Torres. Unë jam një nga shkrimtarët e mëdhenj brazilianë.
Darka
Oh, kjo është e mrekullueshme. E dua popullin brazilian. Isha plot kuriozitet për ty. Mund të më tregosh pak për historinë tënde?
Ngjashëm Perëndisë
Sigurisht, do të isha i lumtur. Por është një histori e gjatë. Bëhu gati. Emri im është Aldivan Torres dhe e përfundon diplomën në Matematikë. Dy pasionet e mia të mëdha janë letërsia dhe matematika. Unë kam qenë gjithmonë një dashnor i librave dhe që kur isha fëmijë, jam përpjekur të shkruaj timen. Kur isha në vitin e parë të shkollës së mesme, mblodha disa pjesë nga librat e Mençurisë dhe Proverbave. Isha jashtëzakonisht i lumtur, edhe pse tekstet nuk ishin të miat. Ia tregova të gjithëve, me krenari të madhe. Mbarova shkollën e mesme, bëra një kurs kompjuteri dhe i ndërpreva studimet për ca kohë. Pastaj, hyra në një kurs teknik elektroteknik që i përkiste në atë kohë Qendrës Federale të Edukimit Teknologjik. Megjithatë, e kuptova se nuk ishte zona ime për një shenjë fati. Isha përgatitur të praktikoja në atë zonë. Megjithatë, një ditë para provës që do të bëja, një forcë e çuditshme më kërkoi vazhdimisht të dorëzohesha. Sa më shumë kohë kalonte, aq më i madh ishte presioni që ushtronte kjo forcë. Derisa vendosa të mos e bëj testin. Presioni u qetësua, e po kështu edhe zemra ime. Mendoj se ishte shenjë fati për mua që të mos shkoja. Duhet të respektojmë kufijtë tanë. Kam

bërë disa konkurse; U aprovova dhe aktualisht ushtroj rolin e asistentit administrativ arsimor. Tre vjet më parë, kisha një shenjë tjetër fati. Kisha disa probleme dhe përfundova në një krizë nervore. Pastaj fillova të shkruaja dhe brenda një kohe të shkurtër më ndihmoi të Po bëhesha më mirë. Rezultati i gjithë kësaj ishte libri: Vizioni i një mediumi, të cilin nuk e botova. E gjithë kjo më tregoi se isha në gjendje të shkruaja dhe të kisha një profesion të denjë. Pas kësaj, kalova një garë tjetër, hasa probleme në punë, jetova aventura të reja në serinë e shikuesit dhe kisha dashuri të madhe dhe zhgënjime profesionale. E gjithë kjo më bëri të rritem për të qenë njeriu që jam sot.

Darka

Interesante. Mua më duket një trajektore e mrekullueshme. Jam më e thjeshtë. Unë jam djali i një murgu, dhe kam mësuar sekrete nga feja ime me të. Gjithashtu, studiova më shumë për kulturën dhe u rrita si qenie njerëzore. Entet e mia të kanë treguar ty si dikë të veçantë. Do të doja të njihja më mirë.

Ngjashëm Perëndisë

E pra, kjo është ajo. Edhe unë jam i interesuar të takoj. Le ta bëjmë këtë shkëmbim kulturor. Dua të di më shumë për vendin dhe kulturën tënde. Ne do të rritemi së bashku drejt evolucionit.

Darka

Atëherë më ndiq.

Iu përgjigja thirrjes së ekspertit. Morëm një taksi dhe filluam të ecnim nëpër rrugët e qytetit. Vërtet, po shijoja gjithçka që po jepja dëshmi. Çdo gjë ishte kaq e re dhe kaq interesante. Kjo më nxiti të vëzhgoja çdo gjë me hollësi, me qëllim që të shkruaja veprën tjetër.

Duke ecur në rrethe dhe pastaj drejt, dal duke parë nga dritarja e makinës të gjithë lëvizjen në rrugë. Ndihesha e lumtur, e kënaqur dhe plot ide. U frymëzova që të bëja magji të mira jete për të gjithë ata që më shoqëronin. Gjithçka u shkrua në librin e jetës dhe fatit. Ishte e mjaftueshme për të besuar. Ndërsa ecim, filloj një bisedë.

Ngjashëm Perëndisë

Si do ta përkufizonit qytetin e Jabalpur?

Darka
Jabalpur është qyteti i tretë më i populluar në distriktin e Madhya Pradeshit dhe aglomerati i 37-të më i madh urban në vend. Ne jemi një qytet i rëndësishëm në kontekstin komercial, industrial dhe turistik. Gjithashtu, jemi një qendër e rëndësishme arsimimi.
Ngjashëm Perëndisë
Cila është origjina e emrit Jabalpur?
Darka
Disa thonë se kjo ishte për shkak të një të urti që meditoi në brigjet e lumit Narmada. Të tjerë thonë se kjo ishte për shkak të gurëve prej graniti apo gurëve të mëdhenj që janë të zakonshëm në rajon.
Ngjashëm Perëndisë
Mrekulli. Veçanërisht mirë. Më pëlqente të dija pak më shumë për këtë vend.
Makina jep një gungë dhe ndjenjat më të i ftohur. Çdo gjë po lëvizte në një mbledhje kulturash dhe traditash. Në atë kohë, ishte thelbësore të jepej përparësi njohuria dhe mençuria që mund të fitonin. Pas programit, mund të pushtonte çlirimin e vetes së brendshme, një energji kaq e fuqishme, saqë mund të na bënte të arrinim ndriçimin. Asgjë nuk ishte aspak e pamundur të mposhtej, sepse besimi mund të prodhonte mrekulli të mëdha.
Makina lëviz nga njëra anë në tjetrën dhe gjendemi të shpërndarë në mendimet tona. Ndërsa eksperti përgatitej të pyeste veten dhe të shpikte një strategji për të mësuar, udhëtoja në jetëshkrimet e mia të vjetra. I gjithë procesi i mëparshëm krijues më forcoi në një mënyrë të tillë dhe më frymëzoi të krijoja botë dhe koncepte. Ishte e nevojshme të zhyteshe në vetë thelbin e universit, të forcoheshe me entet e energjisë, të eksplorosh kontrollin e vetes ishte një sfidë e madhe.
Kështu arritëm në qendrën e stërvitjes.

Hanumantal Bada Jain Mandir

Parkingu para tempullit. Zbritëm poshtë, paguanim shoferin dhe filluam të ecnim drejt tij.
Darka
Jemi në një vend të shenjtë. Këtu mësova të jem një murg i vërtetë. Këtu punojmë me lëngje të mira energjike. Duhet përqendrim për të na ndriçuar energjitë. Fjala më e përshtatshme është të mësosh.
Ngjashëm Perëndisë
Faleminderit që më ftove. Jemi këtu për të shkëmbyer energji. Jam i sigurt se do të jetë një përvojë e mrekullueshme.
Darka
Absolutisht. Nderi do të jetë i gjithi i imi.

Shenjtërorja e parë

Ata hyjnë në ndërtesën e madhe, i mbajnë gjërat në një dhomë dhe pastaj shkojnë në stërvitje frymore. Tani ishte koha e duhur për t'u rritur dhe për t'u konsoliduar si mësues frymor. Burimet e tij të zierjes trupore mallkuan gjëra të tmerrshme në mendjen e tij sikur të zgjonin një fuqi të brendshme.

Në shenjën e zotërisë, ata mbajnë duart dhe përpiqen të përqendrojnë energjinë e tyre jetësore. Rituali i bën ata të vetëdijshëm dhe në të njëjtën kohë me një mendje jashtëzakonisht të hapur.

Darka
Shumë nuk e dinë se cilin fatin duhet të zgjedhin ose cilin drejtim duhet të marrin. Ata janë dele në kërkim të një bariu. Të tjerë nuk e dinë se cilat parti politike, politike, ideologji, orientimi seksual apo fe janë të paracaktuara. Ndalo, mendo dhe reflekto. Përpiqu të dëgjosh zërin e intuitës tënde. Përpiqu të lidhesh me forcat e energjisë hyjnore. Kur lidhemi me këto energji, jemi në gjendje të marrim vendimet tona. Kjo është pavarësisht nga besimi yt. Çdo zgjedhje është e vlefshme për aq kohë sa nuk dëmton tjetrën. Në botë, ne kemi dy zgjedhje: zgjedhja për rrugën e errësirës dhe zgjedhja tjetër është për rrugën e mirësisë. Kjo

pasqyron edhe qëndrimet dhe reflekset tona. Nuk mund të flasim në një mënyrë më të mirë. Të gjitha janë shtigjet e të mësuarit dhe nuk janë përfundimtare.

Ngjashëm Perëndisë

Kjo është rruga e të mësuarit që dua të marr. Më pëlqen kjo mënyrë e të përjetuarit të ndjesive të ndryshme dhe autonome. Njohuria është arma jonë e madhe kundër urrejtjes dhe dhunës. Duhet të luftojmë me guxim për idealet tona. Duhet ta bëjmë njëri - tjetrin të lumtur dhe ta lejojmë veten të jemi të lumtur. Të gjithë e meritojmë lumturinë në këtë rrugë të nxënësit të përjetshëm. Si mund ta arrij këtë shkallë çlirimi frymor?

Darka

Duhet të heqim dorë nga gjërat serioze. Duhet të bëjmë zgjedhjen e duhur. Duhet të zgjedhim të mirën, të jemi në anën e grupit LGBTIQQ, të jemi përkrah zezakëve, grave dhe të varfërve. Duhet të qëndrojmë përkrah të përjashtuarve dhe të ndajmë me ta të njëjtën bukë. Ne duhet ta bëjmë këtë për Perëndinë, për veten tonë, për mrekullinë e lindjes, për lavdinë e ekzistencës, për të pakësuar dhimbjen tonë sentimentale dhe fizike, për të pasur më shumë forcë për të luftuar për qëllimet tuaja dhe për të shkruar historinë tuaj në një mënyrë të denjë. Kur heqim dorë nga e keqja, ne quhemi njeri i mençur.

Ngjashëm Perëndisë

Unë tashmë i bëj të gjitha këto. Jam në anën e të përndjekurve dhe të diskriminuar. Kam guximin të identifikohem si i huaj. Ndiej në vetvete çdo ditë vuajtjet e paragjykimit dhe të paramendim. Po të isha Perëndi, do të isha Perëndia i të varfërve dhe i të përjashtuarve.

Darka

Kjo është e mrekullueshme, aldivan. Unë identifikohem me ty. Ka momente në jetën tonë që na duhen guxim, identifikim dhe vendosmëri. Duhet të derdhim instinktin tonë superior dhe të kryejmë mrekulli. Duhet të marrim iniciativë dhe të bëjmë shumë më tepër për të tjerët. Më vjen keq që mësove. Le të shkojmë në faltoren tjetër.

Të dy shkojnë dorë më dorë në mënyrë që energjia të rrjedhë siç duhet dhe të lëvizin në skenarin e dytë.

Në skenarin e dytë

Të dy miqtë janë tashmë në skenarin e dytë. Eksperti organizon të gjithë mjedisin për ritualin: një tas, një tortë dhe një tavolinë në qendër. Ata e përdorin gotën për të pirë liker dhe për të ngrënë tortën. Në këtë, zëra të çuditshëm mund të dëgjohen në stomakun e tyre. Duke shpërthyer në fryrje, ata krijojnë tym përreth.

Darka

Bota, në ditët e sotme, është plot paragjykime dhe diskriminime. Nga njëra anë, elita e bardhë, e pasur, e bukur, politike dhe në anën tjetër, e periferi, e shëmtuara, e keqja dhe gruaja. Bota e mbushur me rregulla është bërë sipas dëshirave të elitës. Vetëm ajo ka dobitë që vijnë kur ndihet më e lartë, e dashur dhe e admiruar. Ndërsa ata që diskriminohen persekutohen dhe mezi marrin frymë ose jetojnë në paqe. Bota ka nevojë për shumë ndryshime strukturore. Ne kemi nevojë për një politikë të drejtë për të gjithë, ne kemi nevojë për më shumë krijim të punës, ne kemi nevojë për më shumë bamirësi dhe mirësi. Në fund të fundit, ne kemi nevojë për një shoqëri të re ku gjithkush është me të vërtetë i barabartë në mundësi, të drejta dhe detyra.

Ngjashëm Perëndisë

E ndjeva në lëkurën time, miku im. Bir fermerësh, që në moshë të njomë mësova të luftoja për synimet e mia. Në atë rrugë, nuk mora ndihmë nga askush, përveç ndihmës së mamasë. Unë kisha nevojë për atë të luftoja me guxim për ëndrrat e mia. Kur punojmë shumë, Zoti bekon. Kështu i arrita gradualisht synimet e mia pa dëmtuar askënd. Me çdo fitore të arritur, provova ndjesi jashtëzakonisht të mira. Është sikur universi po më kthen të gjitha mirësitë e mia. Në këtë mënyrë, mund të shqyrtojmë fjalët vijuese: kush mbjell, korr!

Darka

Më e keqja nga të gjitha, miku im, është kur ky paragjykim kthehet në urrejtje, dhunë dhe vdekje. Ka banda që specializohen në vrasjen e pakicave dhe kjo është kaq dëshpëruese.

Ngjashëm Perëndisë

Kuptove. Duket se njerëzit e botës nuk kanë mësuar nga pandeminë. Në vend që ta duan njëri - tjetrin, ata po vrasin, po plagosin dhe po mashtrojnë. Shumica e njerëzve i kanë humbur vlerat bazë të bashkëjetesës. Atëherë, si të shërohesh para Perëndisë?

Darka

Në lidhje me këtë, mund të vërejmë se për shkak të gjërave të botës, për shkak të lavdisë ose gjendjes shoqërore, për shkak të cikleve natyrore të jetës, për shkak të cikleve të evolucionit dhe për shkak të çlirimit përfundimtar, shumë humbën në mëkate. Kjo e bën njeriun të mos evoluoj plotësisht.

Ngjashëm Perëndisë

Të gjitha këto gjëra janë kalimtar. Ndër të tjera, duhet të kultivojmë mençurinë, njohurinë, kulturën, mirësinë dhe bamirësinë. Vetëm atëherë do të kishim përparime konkrete në rrugën e ndriçimit.

Darka

Por kjo është pasojë e vullnetit të lirë. Nëse jam i lirë, mund të zgjedh mes së mirës ose së keqes. Nëse preferoj errësirën, edhe unë vuaj nga pasojat. Mendoj se kur nuk mëson në dashuri, mëson nga dhimbja.

Ngjashëm Perëndisë

Zgjedhja më e mençur do të ishte të mësonim me dashuri. Për këtë, duhet të jemi më pak kërkues dhe të veprojmë më shumë. Për këtë, do të na duhej t'i hidhnim ëndrrat dhe t'i fusnim të tjerët në të njëjtin vend. Duhet të ndryshojmë atë që nuk shkon me ne, të largohemi dhe të zgjedhim se kush është i mirë për ne. Çdo gjë që bëhet me dashuri krijon energji edhe më pozitive.

Darka

Dakord. Por ka me të vërtetë njerëz keq. Krijesa të ferrit që nuk u japin të tjerëve paqe. Nuk e kuptoj se si dikush mund t'i shkaktojë dëm fqinjit të vet. Barra e ndërgjegjes së rëndë në gjumë shkatërron paqen e kujtdo. Ky është ferri i gjallë në tokë.

Ngjashëm Perëndisë

Ja pse duhet të tregojmë shembujt tanë humanitarë. Duke pasur projekte të mira, mund t'i nxitim njerëzit e tjerë të ndjekin të njëjtën rrugë. Unë besoj se bamirësia duhet të ndahet, në mënyrë që më shumë njerëz të ndjehen të frymëzuar për të ndihmuar.

Darka

Njerëzit vështirë se do të ndihmojnë. Egoizmi është mbizotërues në botë. Por për ata që janë të ndjeshëm, qielli është më afër.

Tymi është i ulët. Ata shkatërrojnë skenën dhe dalin nga skena problematike. Kishte qenë një reflektim i madh. Tani ata do të shkonin në skenarin tjetër dhe do të jetonin përvoja të reja.

Në skenarin e tretë

Ata ecin disa hapa dhe tashmë janë në skenarin e ri. Ata ngritën një lloj kasolleje dhe u ulën në një pozicion meditimi. Pastaj dialogu vazhdon.

Darka

Ai që ecën në rrugën e së mirës, që bën të gjitha punët në dobi të njerëzimit, që nuk ka bërë kurrë gabime serioze, quhet i hirshëm. Ka pak shpirtra në këtë shkallë të evolucionit. Cili është sekreti i tyre? Besoj të lidhem me një forcë më të lartë. Të udhëhequr nga entet e së mirës, ata mund ta kuptojnë më mirë fatin e tyre në tokë dhe të japin fryt.

Ngjashëm Perëndisë

Tashmë në kundërshtim me këta, njerëzit që nuk kanë fryt, janë ata që struken përballë vështirësive të jetës. Ata preferojnë mënyrën e palodhur, të shkatërrojnë, në vend që të shtohen. Prandaj, vuajnë në ferrin frymor. Çfarë u mungonte atyre?

Darka

ASGJË NUK MUND T'I SHPËTOJË FATIT TUAJ

Ju mungonte besimi për ta. Përballë vështirësive, ata preferonin më shumë të lëkundeshin, sesa të kishin një qëndrim tjetër. Më vjen keq për ta. Por ata do të korrin atë që kanë mbjellë.

Ngjashëm Perëndisë
Si mund ta pushtojmë botën?

Darka
Ngulmoni në besim dhe luftoni për synimet tuaja. Duke u kujdesur për shtegun e së mirës, ata do të jenë në gjendje të marrin një pikëpamje të gjerë se si është bota dhe të bëjnë zgjedhjet më të mira. Gjithçka që duhet të bësh është të besosh në veten tënde.

Ngjashëm Perëndisë
Cili është sekreti i suksesit?

Darka
Për të qenë autentike. Njeriu nuk duhet të refuzojë kurrë të pranojë origjinën e tij. Dikush duhet të shkojë duke galopuar hapat e lumturisë, duhet të punojë shumë për të korrur më vonë. Mos harro gjithmonë se koha e Perëndisë është ndryshe nga koha jonë.

Ngjashëm Perëndisë
Çfarë mendon për ata që shtiren?

Darka
Ky është një faj i madh njerëzor. Shumë e bëjnë këtë për t'u mbrojtur, pasi kanë vuajtur shumë në jetën e tyre. Ky qëndrim ishte pasojë e mjedisit shoqëror në të cilin ishte futur. Kjo të privon nga përvoja të rëndësishme shoqërore.

Ngjashëm Perëndisë
Cilat janë pasojat e kësaj?

Darka
Ata shkatërrojnë jetën e tyre për shkak të mungesës së marrjes me mend se kush janë në të vërtetë. Kur supozojmë se kush jemi, tashmë kemi një lloj lumturie. Edhe nëse bota është në kundërshtim me rregullat tona, mund të jemi të lumtur në nivel individual. Nuk ka asgjë të keqe të kesh rregullat e tua.

Ngjashëm Perëndisë

| 13 |

Ja pse kemi thënien: Jeta ime, rregullat e mia. Nuk duhet të lejojmë që shoqëria të ndërhyjë në lirinë tonë individuale. Duhet të kemi liri fjale dhe vepra për sa kohë që nuk dëmton të afërmin.

Sesioni mbaroi. Rituali është i pabërë dhe ata ndihen më të plotë. Tashmë kishte përparime të jashtëzakonshme, por donin të bënin më shumë përparim. Qëllimi ishte të ndanin idetë.

Në skenarin e katërt

Një zjarr është ndezur. Të dy bëjnë një rreth drite rreth zjarrit dhe fillojnë të kërcejnë. Energjia e grumbulluar e të dyve shkakton shpërthime dhe ato shkojnë në një enë.

Darka

Zjarri është një element i rëndësishëm në jetën tonë. Është një element përbërës i shpirtit, i trupit dhe i magjisë natyrore. Nëpërmjet tij mund të manipulojmë situatat dhe fatet. Zjarri pastron dhe shëmbëlltyrë luftëtarët.

Ngjashëm Perëndisë

Por është gjithashtu diçka që lëndon dhe shkatërron. Duhet të jemi të kujdesshëm në manipulimin e tij, që të mos lëndohemi. Duhet të lidhemi me forcën e zjarrit për të ndërtuar situata dobiprurëse. Pra, edhe ne duhet të bëjmë të njëjtën gjë në sprovat e jetës. Duhet të luftojmë më pak dhe të bashkohemi më shumë. Duhet të falim dhe të vazhdojmë përpara. Duhet t'i kapërcejmë dhe t'i përvetësojmë gjërat e mira. E gjitha ia vlen kur shpirti nuk pakësohet.

Darka

Duhet të kanalizojmë fuqinë e zjarrit. Për këtë duhet ta mendojmë veprimin e tyre në secilën nga situatat e rrezikut. Të lidhur me vullnetin tonë të mirë, ne mund të lëshojmë dhuratën tonë të brendshme dhe të transformojmë fatin tonë. Ne mund dhe duhet të veprojmë në çdo situatë të jetës sonë, ne duhet të jemi protagonistë të historisë sonë.

Ngjashëm Perëndisë

E vërteta. Ky kanal do të na tregojë se kush jemi dhe çfarë duam. Duke ditur saktësisht se çfarë duam, ne mund të hartojmë strategji bindëse dhe të qëndrueshme. Kur ka një plan të mirë, shanset për dështim zvogëlohen në mënyrë të konsiderueshme.

Darka

Për më tepër, ata që kontrollojnë fuqinë e zjarrit e shmangin padijen. Sepse kushdo që është ekspert në zjarr, ka kontrollin e vetvetes, është punëtor në synimet e tij, ata po përmbushin detyrat dhe detyrimet e tyre. Ai që zhvillohet në mënyrë të tillë që të përbuzë të metat dhe të lavdërojë cilësitë e tyre, quhet torturues.

Ngjashëm Perëndisë

Një padije e tillë është një problem i madh. Shumë veta e marrin me vete dhe shkatërrojnë shtëpitë e situatat. Duhet t'i kapërcejmë mosmarrëveshjet, ta organizojmë rutinën tonë në mënyrë të tillë që të përjetojmë strategjinë tonë të fitores dhe të korrim frytet e plantacionit tonë. Nëse fryti është i mirë, kjo i pëlqen Perëndisë.

Darka

Kjo na çon në kuptimin e jetës. Ekzistenca është një ngatërresë situatash të favorshme për arritje. Duhet të organizojmë të gjithë strategjinë që të lidhemi me qeniet e tjera të gjalla, që të zhvillojmë mençurinë, ndërgjegjen, besimin, lirinë tonë dhe energjinë jetësore. Duhet të jemi në botë që të jetojmë mirë dhe gjithnjë e më shumë.

Ngjashëm Perëndisë

Prandaj, vjen veprimi i vullnetit tonë të lirë. Mund të kemi një të ardhme dobiprurëse, por jo gjithmonë jemi të gatshëm të sakrifikojmë veten për të. Kjo përfshin dhënien, dhënien, reflektimin, harmoninë, mentalitetin, prirjen dhe argumentimin. Është e nevojshme të zgjojmë ndjenjën tonë më të lartë dhe me të transformojmë marrëdhëniet. Është e nevojshme, para së gjithash, të jesh një fortesë.

Një heshtje e të pakëndshme qëndron mes të dyve dhe rituali është i pabërë. Të vërteta të mëdha po dalin në pah në këto përvoja të shkurtra të rëndësishme. Më shumë se të jetosh, duhet të eksperimentosh dhe të evoluosh. Për këtë, ata largohen nga faqja dhe shkojnë në skenarin tjetër.

Në skenarin e pestë

Ata rregullojnë mjedisin e skenarit të pestë. Ata vendosin statuja shenjtorësh, perde të projektuara mirë dhe me lule, temjan me parfum të rrallë dhe një kamë të shenjtë. Me kamën, ata bëjnë një rrezik në tokë dhe tymi ngrihet. Ata shkojnë në ekstazë frymore.

Darka

Çfarë i thua pasurisë? E gjej këtë kërkim për para shumë kalimtare. Njerëzit shkatërrojnë të tjerët, përdorin natyrë të keqe për të dëmtuar të tjerët, veprimet e liga nuk justifikohen nga qëllimet. Ne duhet të thyejmë këtë zinxhir të rëndësisë së paravë, ne duhet të vlerësojmë atë që është me të vërtetë e rëndësishme: bamirësia, respekti, dashuria, miqësia, toleranca mes gjërave të tjera të rëndësishme.

Ngjashëm Perëndisë

Paraja është e rëndësishme, por nuk është absolutisht gjithçka. Mund të kemi para dhe të kemi vepra bamirësie. Ajo që e përcakton një person nuk është fuqia e tyre blerëse. Njerëzit përcaktohen nga qëndrimet dhe veprat e tyre. Kjo është ajo që mbetet një trashëgimi e përjetshme.

Darka

Dakord. Që të provojmë shijet e botës, na duhen para. Për çdo gjë, kemi nevojë për këtë mbështetje materiale. Pra kjo shpjegon këtë kërkim të çmendur për para. Por kjo nuk duhet të jetë e vetmja gjë e rëndësishme. Duhet të kemi një perspektivë të re për jetën.

Ngjashëm Perëndisë

Të fitosh para nuk do të thotë pandershmëri. Ka me të vërtetë njerëz të suksesshëm. Ky nuk duhet të jetë një parametri për gjykimet tona. Por duhet të qëndrojmë e të pozicionohemi në gjërat e nevojshme në jetë. Gjithmonë duhet të jemi të efektshëm në jetën e të tjerëve. Duhet t'i heqim gjërat e papastra për të qenë të lumtur.

Darka

Sa për çështjen e dhurimit, analizoj se dhurimi është më i rëndësishëm sesa marrja. Dhurimi provokon në mendjen tonë ndjesi të nevojshme për evolucionin e frymës sonë. Dhe kushdo që merr dhurimin ka nevojat e tyre të përmbushura. Është një ndjenjë e mirë e dyfishtë.

Ngjashëm Perëndisë
Problemi i vetëm janë lypësit e rremë. Shumë prej tyre janë në pension dhe vazhdojnë të kërkojnë lëmoshë. Kam parë njoftime për shumë prej tyre që thonë se nuk duan të punojnë sepse fitojnë më shumë nga dhuratat. Kjo quhet tregti mashtruese ose mashtrim.
Darka
Kjo ndodh shumë. Duhet të jemi shumë të kujdesshëm për këtë. Ka ujqër në rrobat e deleve. Duhet të jemi të kujdesshëm që të mos mashtrohemi.
Ngjashëm Perëndisë
Që ata që marrin kontribute të ndershme të mos e mbajnë. Për të shijuar ushqimin ose objektet sipas kapacitetit të tyre. Nëse paguhen shumë, edhe ata e bëjnë këtë. Bota ka nevojë për këtë bashkim solidariteti.
Darka
Zoti na bekoftë gjithmonë. Perëndia na ruaj në pasuri ose varfëri, Perëndia na ruaj në stuhitë e jetës, Perëndia na ndalon sëmundjet dhe plagët ngjitëse. Sidoqoftë, Zoti i ndalon të gjitha të këqijat.
Ngjashëm Perëndisë
Si duhet të gëzojmë kënaqësitë e jetës?
Darka
Duhet të gëzojmë kënaqësitë e jetës në shprehjen e saj më të madhe. Nuk mund të hedhim poshtë asgjë, sepse nuk e dimë nesër. Ata që nuk pranojnë të përfitojnë nga kënaqësitë e jetës pendohen sinqerisht. Gjithashtu duhet të hetojmë misteret e ekzistencës. Duhet t'i përdorim dhuratat tona frymore dhe të japim fryt. Vetëm atëherë do të kemi një jetë të plotë.
Ngjashëm Perëndisë
Po, cikli budist na siguron me këtë. Na çliron nga rrymat e padukshme që na lidhin me dridhje të ulëta. Duke ditur si ta kontrollojmë ciklin e jetës, mund të bëjmë përparime të mahnitshme frymore.
Darka

Vërtet, ato janë cikle alternative. Duke gëzuar kënaqësi dhe duke hequr dorë nga gjërat e botës, mund ta kultivojmë këtë cikël. Kjo krijon një ngatërresë gjërash që bashkë me besimin krijojnë situata të papritura. Ky është një mendim i mirë për të mençurit.

Ata dalin nga ekstazë, dalin nga stacioni dhe shkojnë në departamentin tjetër. Stërvitja po i bënte ata të rriteshin gjithnjë e më shumë.

Në skenarin e gjashtë

Ceremonia rituale përgatitet me një birrë, një pikturë të Rilindjes dhe me mbathje të pista. Duke ndezur një dritë të shndritshme përreth tyre, ata bëjnë një temjan të shpejtë për të qenë në gjendje të shkojnë në një enë. Në mendjen e tyre, ata e përfytyrojnë të kaluarën, të kaluarën dhe të ardhmen si zogj të shpejtë. Ndërkohë, flasin me njëri-tjetrin.

Darka

Në botë ka të gjallë dhe të pajetë. Por ato janë të gjitha komponentë të rëndësishme në formimin e universit. Secili me funksionin e tij, ne jemi agjentë të historisë me kalimin e kohës. Kjo histori po shkruhet tani nga secili prej nesh. Mund të jetë një histori e trishtueshme ose një histori e bukur. Ajo që ka rëndësi është kontributi aktiv që secili prej nesh jep në univers.

Ngjashëm Perëndisë

Ndjej një pjesë integrale të saj në një mënyrë unike. I quajtur biri i Zotit nga entet, arrita të kuptoj sekretet më të errëta të universit. Me anë të përvojave dekurajuese dhe të dhembshme, arrita të evoluoja shpirtërisht dhe të bëhesha ekspert në mençuri. U rrita me përpjekjet e mia. E kam kultivuar talentin tim siç këshillon Bibla. Nuk u fsheha nga bota. Mora identitetin tim dhe u përballa me forcat kundërshtare. Ata janë njerëz që më dënojnë me ferr për mbështetjen e të diskriminuar nga shoqëria, një popull i braktisur që ka nevojë për mua për të pasur pak shpresë për përfaqësim. Unë jam zëri i të përjashtuarve. Unë jam Zoti i tyre. Të jesh i vetëdijshëm për këtë rol në shoqëri është themelore në karrierën time të shkrimit. Duke kuptuar këtë, e gjitha kishte më shumë kuptim për mua. Nuk jemi vetëm në botë. Jemi të fortë dhe mund të kemi vendin tonë në botë, edhe nëse fanatizmi fetar na dënon.

Darka

Është ashtu siç the ti, ne nuk jemi vetëm. Të bashkuar, mund të kemi forcën për të reaguar kundër kundërshtarëve. Ne nuk duam luftë në asnjë rrethanë. Ne duam dialog dhe pranim. Ne duam që të drejtat tona të respektohen sepse kemi të drejtë për të. S'ka më vrasje dhe ndjekje. Ne kemi nevojë për paqe në këtë botë të pushtuar nga virusi. Dhe a e dini pse virusi hyri në botë? Për shkak të mëkatit njerëzor. Të gjithë jemi në mëkat. Vetëm sepse je dishepull i një feje nuk do të thotë se nuk ke mëkat. Pra, kurrë mos e gjyko tjetrin. Së pari, shiko gabimet e tua dhe shiko sa i gabuar je.

Ngjashëm Perëndisë

Me këtë, arritëm në cikli budist. Evolucioni yt do të ndodhë vetëm kur të kesh tolerancë dhe dashuri në zemër. Ne duhet të vendosim veten në këpucët e njëri-tjetrit, të falim dhe jo të gjykojmë. Duhet ta ndalojmë fanatizmin fetar. Duhet të ndjekim Perëndinë, jo fetë. Janë dy gjëra krejt të ndryshme.

Darka

E vërteta. Ajo po përdor si argument fetë që shumë e kryejnë të keqen. Është në emër të parave që shumë e humbin shpëtimin. Janë luftëra të padukshme që secili i bën brenda vetes.

Ngjashëm Perëndisë

Ja pse duhet të kemi gjithmonë vlera të mira etike në të gjitha rastet e jetës. Nuk duhet t'i vrasim kafshët për sport ose rituale fetare. Duhet ta ruajmë jetën me bollëk.

Darka

Këto janë praktika mëkatare. Njeriu sillet si zot i universit, por në fakt është një pikë e vogël ekzistence. Edhe planeti ynë gjigant për ne është një pikë e vogël në univers. Pra, le të jemi më pak krenarë dhe më të thjeshtë.

Rituali mbaroi. Secili mbledh sendet e tij personale dhe do të pushojë. Do të ishte gjumi i natës së parë në një ditë kaq të ngarkuar. Megjithatë, kishte ende një udhëtim të gjatë për t'u udhëtuar.

Në skenarin e shtatë

Një ditë tjetër ka lindur. Banda ngrihet, lan dhëmbët, bën një banjë dhe ha mëngjes. Pas kësaj, ata janë gati të rifillojnë mësimin frymor. Ishte një rrugë e bukur, e bërë me takime dhe zbulime. Një udhë ndershmërie, dedikimi dhe gëzimi.

Kjo ishte aventura e madhe e ëndërrimtarit të vogël, dikujt që gjithmonë besonte në veten e tij. Edhe përballë vështirësive të mëdha të imponuara nga jeta, ai kurrë nuk mendoi ta braktiste artin e tij. Ai gjithmonë ëndërronte njohjen e tij letrare dhe çdo ditë ajo vinte më pranë. Ai ishte thjesht i lumtur për të gjitha mirësitë e arritura.

Çifti u takua në skenarin e shtatë. Ata mendohen të futen në një ekstazë dhe kur e bëjnë këtë, fillojnë të llomotisin.

Darka

Udhërrëfyesi ynë i madh është njohuria. Me ndihmën e kësaj, mund t'i mposhtim vërtet gjërat tona dhe të kemi një liri më të madhe. Njohuria transformon jetën tonë dhe na shoqëron gjatë gjithë jetës sonë. Ne mund të humbasim punën tonë, mund të humbim dashurinë tonë të madhe romantike, mund të humbim paratë tona. Megjithatë, njohuria jonë na çon drejt fitores dhe njohjes.

Ngjashëm Perëndisë

Kjo është arsyeja pse unë jam në këtë rrugë aventure. Është një rrugë e këndshme që më shtyn të mësoj disa gjëra. Ndihem sikur rritem çdo moment me çdo pengesë të kapërcyer. Sot jam vërtet një njeri i lumtur dhe i përmbushur.

Darka

Kjo është rruga e vërtetë e evolucionit që duhet të ndjekim. Për të arritur evolucionin suprem, duhet të heqim qafe çdo ndjenjë negative që popullon mendjen tonë. Duhet të angazhohemi për të ndihmuar të tjerët pa pritur shpagim. Duke bërë një veprim të përditshëm, mund të lidhemi me fuqinë më të madhe të universit. Në këtë mënyrë, jeta jonë do të ketë më shumë kuptim dhe do të bëhet e plotë.

Ngjashëm Perëndisë

E vërteta. Ajo që shkatërron qenien njerëzore është shtirja. Ajo është duke dashur të jetë ajo që ju nuk jeni, për të luajtur një rol të mirë në shoqëri. Këta njerëz jetojnë një karakter të përditshëm, por nuk janë të lumtur. Kur nuk e jetojmë autenticitetin tonë, humbasim një pjesë të vetvetes.

Darka

Por shumë nuk e shohin. Ata preferojnë të jetojnë këtë përrallë dhe kanë atë ndjenjën e pranimit. Madje e kuptoj pikëpamjen e tyre. Jetojmë në një shoqëri hipokrite dhe neveri ndaj orientimit seksual. Jetojmë në një shoqëri që vret për shkak të paragjykimeve. Atëherë pse duhet të rrezikoj jetën time? A nuk do të ishte më mirë sikur të bëja një jetë të dyfishtë dhe të isha i lumtur? Me të vërtetë nuk i fal këta njerëz.

Ngjashëm Perëndisë

Ky është fryt i militantizmit fetar. Këto sekte na vënë në rregulla me të cilat as nuk përputhen. Kjo është ajo që na shkatërron lumturinë. Por unë e theva atë paradigmë. Zgjodha të isha i lirë dhe të bëja rregullat e mia. Kështu që ndihem plotësisht e lumtur.

Ju jeni të dy të emocionuar. Ato ishin dekada vuajtjesh dhe të tjetërsimit fetar. Të gjithë atje kishin historinë e tyre. Asgjë nuk ishte e lehtë. Vetëm pak nga pak ata zbuluan kënaqësinë e vërtetë të jetesës. Kjo ishte një arritje fantastike.

Një çast më vonë, ata përfundojnë ritualin dhe drejtohen për në skenarin tjetër. Kishte shumë për të provuar.

Në skenarin e tetë

Në skenarin e ri, ata janë krejtësisht të qetë. Të ripërtërirë nga përvoja të reja, ata u përpoqën të kuptonin pak më shumë nga universi dhe nga vetja. Ky proces njohurie ishte themelor për përpunimin e strategjive të reja.

Një ritual i ri fillon. Ata bëjnë një shesh magjik dhe e vendosin veten në qendër të tij.

Darka

Për çështjen e përpjekjeve tona dhe të punës sonë. Që të jemi në gjendje të dallohemi, duhet t'i japim përparësi cilësisë së punës sonë. Një punë e bërë mirë nis komplimentet. Një vepër me vlera të tilla si ndershmëria, dinjiteti, bamirësia dhe toleranca lavdërohen gjerësisht. Prandaj duhet ta bëjmë këtë ndryshim në botë.

Ngjashëm Perëndisë

Dakord. Le të shohim shembullin tim. Jam një punëtor i ri, kam anën time artistike, jam bamirëse, mbështes familjen, luftoj për ëndrrat e mia. Por nga ana tjetër, njerëzit e tjerë janë egoistë, të parëndësishëm dhe nuk ndihmojnë njëri - tjetrin. Kjo është arsyeja pse bota nuk evoluon. Na duhen më shumë veprime dhe më pak premtime.

Darka

Ti je një shembull. Edhe me gjithë përgjegjësitë që ke, kurrë nuk ke hequr dorë nga ëndrrat e tua. Ti je një person shumë njerëzor që duhet të jesh një model për të tjerët. Duhet ta praktikojmë këtë. Të shkëputesh nga gjërat materiale, të kesh më shumë gëzime në gjëra të thjeshta, të kërkosh më pak dhe të veprosh më shumë. Të jesh ekspert në historinë tënde është thelbësore për të ndërtuar identitetin tënd.

Ngjashëm Perëndisë

Kjo do të thotë të jesh më pak materialist dhe më praktik. Duhet të kemi një qëndrim të ndryshëm ndaj jetës. Vlerësoje atë që ka vërtet rëndësi.

Darka

Por pastaj vjen çështja e vullnetit të lirë. Njerëzit nuk janë robotë. Ata kanë të drejtë të zgjedhin rrugën që është më e mirë për ta. Ne nuk mund të bëjmë rregulla për askënd. Pra, mendoj se bota do të vazhdojë me sëmundjet e saj. Është më e lehtë të zgjedhësh të keqen, sesa të mirën.

Ngjashëm Perëndisë

Absolutisht. Roli ynë është vetëm të udhëheqim. Askush nuk është i detyruar të bëjë asgjë. Kjo liri na çon në nirvana. Kjo liri është marka jonë. Gjithmonë duhet ta vlerësojmë këtë.

Darka

E vërteta. Duhet t'i ndërtojmë ato momente në jetë. Duhet të lidhemi me njerëz të tjerë, të ndajmë përvojat, të thithim gjëra të reja dhe të përjashtojmë gjërat e vjetra që nuk arrijnë më asgjë në jetën tonë. Ky është parimi i rigjenerimit të jetës.

Ngjashëm Perëndisë

Me këtë rigjenerim, ne jemi të aftë për fluturime më të larta. Thjesht mund ta falim veten, të vazhdojmë e të ndërtojmë situata të reja. Mund të ndryshojmë mendje dhe t'i shohim të tjerët nga një këndvështrim i ndryshëm. Ne mund të kemi më shumë besim në njerëzimin në këto kohë të vështira. Ne mund të përpiqemi përsëri për të qenë të lumtur.

Biseda ndërpritet. Ka një ndjenjë të vogël të çuditshme në ajër. Mendja e tyre rrotullohet si zogj të çekuilibruar. Ka një bollëk të madh ndjenjash, ndjesish, gëzimi, ripërtëritjeje, lavdie, harmonie, kënaqësie dhe vetmie. Duhej të ishim të vëmendshëm ndaj shenjave që na jep jeta. Duhej të besoje në aftësitë e tua me shpresën e transformimit të botës. U desh shumë më tepër se ç'e prisnin. Dhe kështu, rituali përfundon me ata që vendosin të përfundojnë punën. Ata e dinin kohën e duhur për t'u dorëzuar.

Bujku i pasur dhe e reja e përulur
Lamtumirë.

Cimbres, 2 janar 1953

Roza ishte një vajzë e përulur rreth tetëmbëdhjetë vjeçe. Ajo ishte vajza më e bukur dhe më e dëshiruar në rajon. Isha i fejuar me Piter, dashurinë tënde të madhe. Vetëm gjendja financiare e familjes tënde nuk ishte e mirë. Ishte një periudhë thatësire e madhe dhe të gjithë vuajtën pa investimin e qeverisë. Miliona veta luftuan për të mbijetuar dhe nuk kishin ushqim e ujë.

Pikërisht në këtë kohë u mbajt një mbledhje me familjen e nuses për të përballuar probleme specifike. Roza, Onofre (babai i Rozës), Magdalena (nëna e Rozës) dhe Pjetri (i fejuari i Rozës) ishin në mbledhje.

Onofre

Pse e ngrite këtë takim? Po planifikon diçka?

Piter

Dua të komunikoj një vendim. Kam një punë në Sao Paulo, dhe do të më duhet të ndryshoj. Kur të kthehem, do ta rregulloj dasmën.

Onofre

NË RREGULL. Për sa kohë që e respekton vajzën time. Ne e dimë se distanca pengon jetën e një çifti.

Piter

Kuptove. Nga ana ime, unë do ta mbaj marrëveshjen. Do të punoj që të marr para për t'u martuar. A nuk është e mrekullueshme, e dashur?

Roza.

Do të jetë e mrekullueshme. Na duhet ajo. Pjesa e keqe është se do të më mungosh shumë. Të dua shumë, e dashur. Ndjenja jonë është e vërtetë. Nuk mund ta humbim këtë, mirë?

Piter

Të premtoj se nuk do ta harroj. I korrespondoj me letër, në rregull?

Roza.

Do ta pres me padurim.

Magdalena

Të gjithë fat për ju të dy. Por a do të funksionojë?

Piter

Më beso në këtë. Do mundohem të kthehem sa më shpejt të jetë e mundur. Qëndro në paqe dhe me Zotin.

Ata përqafojnë. Ishte kontakti i fundit fizik para udhëtimit. Një mori mendimesh përshkon mendjen e atij luftëtari. Ai përpiqet të qetësohet në një mjedis pasigurie. Por ishte plotësisht i vendosur të largohej dhe të provonte fatin e tij. Pasi të thuash lamtumirë, djali do të marrë autobusin. Fatin i saj ishte juglindja e vendit që kishte një gjendje më të mirë ekonomike.

Duke punuar në bar

Ishte natë feste në barin e gëzimit në distriktin Cimbres. Ata po festonin dasmën e një prej burrave më të rëndësishëm në fshat. Që të fitonte ca para, Roza punonte si kameriere.

Kjo është kur një zezak e thirri atë.

Garcia

Ju lutem, zonjushë, më sillni më shumë birrë dhe skarë.

Roza.

Në rregull, zotëri. Jam këtu për t'ju shërbyer.

Garcia

Faleminderit. Por, çfarë e bën një vajzë kaq të bukur të punojë kështu?

Roza.

Duhet të punoj për të ndihmuar prindërit e mi. I fejuari u nis për në San Paulo dhe unë isha vetëm.

Garcia

Ai është një budalla i madh. Ke lënë vetëm një dem? Shiko, do të doje të më shoqëroje deri në fermën time? Ndihem shumë e trishtuar në atë fermë. Nuk kam me kë të flas.

Roza.

Nuk mund ta bëj këtë. Kam një takim me të fejuarin tim. Po ta bëja këtë, do të prishja reputacionin përballë shoqërisë.

Garcia

Kuptove. Nuk do të gënjej. Unë jam i martuar, por gratë e mia janë në kryeqytet. Martesa ime me të nuk po shkon mirë. Të betohem, nëse do të më pranoje, do të braktisja dhe do të martohesha me ty. Po tregohem serioz.

Roza.

Zotëri, unë kam parime. Unë jam një grua e nderuar. Më lër rehat, mirë?

Garcia

E kuptoj. Por meqë ke nevojë për punë, të ftoj të pastrosh në fermën time. Disa para do të ndihmojnë, apo jo?

Roza.

Kjo është e vërteta. E pranoj propozimin tënd. Tani më duhet të shoh një klient tjetër.

Garcia

Mund të shkosh në paqe, e dashur.

Roza largohet dhe fermeri vazhdon ta vëzhgoj. Ishte një dashuri me shikim të parë në një mënyrë që ai nuk e priste. Edhe sikur të ishte kundër kongreseve shoqërore të asaj kohe, ai do të bënte gjithçka për të plotësuar dëshirën e tij. Do ta përdorja fuqinë tënde financiare në avantazhin tënd.

Këshilla

Pasi fermeri u largua, një koleg i punës e thërret Rozën për të folur. Duket se ky person e kishte vënë re situatën.

Andrea

Çfarë fermeri i bukur, apo jo, grua? Si jeni? Do t'i japësh një shans?

Roza.

Je e çmendur, grua? Nuk e di që kam një takim?

Andrea

Mjaft u talle. Ky njeri është jashtëzakonisht i pasur dhe i fuqishëm. Nëse martohesh me të, nuk do ta dish kurrë më se çfarë është mjerimi. Nuk do të duhet të punosh më në këtë bar. Mendoje njëherë. Ky është shansi yt i vetëm për të ndryshuar jetën tënde.

Roza.

Por unë e dua të fejuarin tim. Si mund të tradhtoj kështu?

Andrea

Dashuria nuk të vret urinë. Para së gjithash mendo për veten tënde, sigurinë tënde financiare. Me kalimin e kohës, do të mësosh të pëlqeni fermerin. Dhe mbi të gjitha, do të kesh një jetë me siguri financiare. Po të isha ti, nuk do të mendoja dy herë dhe do ta pranoja atë ofertë.

Roza ishte e kujdesshme. Në një mendim të dytë, kolegu yt nuk ishte plotësisht i gabuar. Çfarë të ardhmeje do të kishe pranë një të varfëri?

Dhe më e keqja është se ai ishte shumë larg. Nga ana tjetër, prindërit e tij ishin të lidhur ngushtë me rregullat shoqërore. Nuk do të ishte e lehtë të merrje një dashuri të këtillë.

Roza.

Faleminderit për këshillën. Do të mendoj për gjithçka që the.

Andrea

Në rregull, miku im. Ti ke mbështetjen time të plotë.

Të dy janë kthyer në punë. Ka qenë një ditë e ngarkuar plot me klientë. Në fund të ditës, Roza i thotë lamtumirë dhe shkon në shtëpi. Ajo do të mendonte për gjithçka që i kishte ndodhur.

Darka familjare

Puno në fermë

Roza arrin para fermës së madhe. Ajo ishte një ndërtesë madhështore, e gjatë dhe e gjerë me gjatësi të madhe. Në atë moment, një ankth të mbush qenien tënde. Çfarë do të ndodhte? Çfarë synimesh do të kishte shefi yt? A do të ishte vërtet njeri i mirë? Mendja e tij ishte plot me mendime pa përgjigje. Duke mbledhur guxim, ajo përparon drejt derës, i bie ziles dhe shpreson të marrë përgjigje.

Pastrues shtëpiash

Çfarë do, zonjë?

Roza.

Erdha të bëj një punë për pronarin e shtëpisë. Mund të hyj brenda?

Pastrues shtëpiash

Sigurisht që dua. Do të shkoj me të.

Të dy hyjnë në shtëpi dhe shkojnë në dhomën kryesore. Në të, bujku i pasur po priste tashmë.

Garcia

Lumturi është të shohim Rozën tonë të dashur! Kam pritur me ankth. Si je, i dashuri im?

Roza.

Erdha në punë. Jam mirë. Faleminderit që u kujdese.

Garcia

Alzira, shko të blesh në qytet dhe merr një kohë të gjatë atje. Kthehu sonte.

Alzira

Po shkoj, shef. Porositë tuaja janë gjithmonë të përmbushura.

Roza mori fshesën dhe leckën për të pastruar shtëpinë. Ai filloi të bënte lëvizje të tërbuara në mundimin e tij. Por shpejt fermeri u afrua. Ai mori pajisjet e tij të punës dhe e mbajti atë. Roza dridhej, por edhe ajo e dëshironte me gjithë shpirt atë çast. Me butësi, shefi e mori në prehër dhe e çoi në dhomën e saj. Rituali i dashurisë filloi dhe ai ishte i gatshëm të merrte virgjërinë e saj. Roza harron gjithçka dhe i jep vetes atë pasion. Ata futen në një lloj ekstazë hipnotike. E vetmja gjë që i interesonte ishte kënaqësia.

Ishte një ditë lidhjeje mes të dyve dhe shumë dashurisë. Të gjitha konceptet e mëparshme kishin rënë. Ata nuk kishin frikë. Ata ishin në një pasion të madh.

Garcia

Dua një marrëdhënie domethënëse me ty. Jam i gatshëm ta lë gruan time. Këto ditë, ajo dhe unë jemi vetëm miq. Më beso, më ke pëlqyer shumë.

Roza.

E pranoj, edhe unë jam i tërhequr nga ti. Me të vërtetë dua të marr këtë marrëdhënie. Por si do ta bëjmë? Familja ime nuk do ta miratonte.

Garcia

Mund të ma lësh mua. Unë do të kujdesem për të gjitha mashtrimet. Jepi fund marrëdhënies me të fejuarin tënd dhe unë do të kujdesem për pjesën tjetër.

Roza.

Në rregull. E doja shumë ditën tonë. Duhet të shkoj tani që njerëzit e tjerë të mos dyshojnë.

Garcia

Shko në paqe, e dashur. Do të shihemi së shpejti. Edhe unë duhet të punoj tani.

Të dy pjesët me marrëdhënie të konsolidoj. Ajo që dukej e pamundur, ishte bërë realitet. Le të vazhdojmë me tregimin.

Bashkim familjar

Fermeri ishte me të vërtetë i vendosur në marrëdhënien me Rozën. Në mënyrë që të konsolidonte marrëdhënien, ai propozoi një takim me familjen në mënyrë që të diskutonte çështje të veçanta.

Garcia

Jam këtu në këtë takim me qëllimin për të njoftuar marrëdhënien time me Rozën. Dua lejen tuaj për të arritur këtë qëllim.

Onofre

Ti je një djalë i martuar. Nuk është e pëlqyeshme në sytë e shoqërisë që një vajzë e nderuar të shoqërohet me një burrë të martuar.

Roza.

Por ne e duam njëri-tjetrin, babi. Unë tashmë i kam dhënë fund fejesës sime dhe ai në fakt është i ndarë nga gruaja e tij. Çfarë do më shumë?

Onofre

Dua që të krijosh turp. Dua që të sillesh si një grua me respekt. Ti meriton më shumë, fëmijë. Ti je një grua e re me vlerë të jashtëzakonshme.

Roza.

Unë jam një grua e mrekullueshme. Por unë jam i dashuruar me një njeri të mrekullueshëm. Unë me të vërtetë e dua atë. Si thua, mami?

Magdalena

Më vjen keq, fëmija im. Por jam dakord me burrin tim. Duhet të ruash reputacionin tënd. Harroje këtë njeri dhe merr një burrë të vetëm.

Roza.

Më vjen keq që kam prindër të tillë tradicionalë. Nuk e pranoj.

Garcia

E kuptova pikëpamjen tënde. Por mendoj se e kanë gabim. Do të tregoj akoma vlerat e mia. Ky nuk është fundi. Ende besoj në lumturinë tonë, dashurinë time.

Roza.

Edhe unë e besoj. Akoma do të bind se e ke gabim.

Onofre

Unë jam i pashkolluar. Mund të shkosh, djalosh. Ti tashmë e ke përgjigjen tënde.

Henrikes largohet dukshëm i pakënaqur. Përpjekja e tij për pajtim kishte dështuar. Dështimi e nxiti me të vërtetë. Por ishte diçka për të reflektuar dhe planifikuar strategji të re. Për sa kohë që kishte jetë, kishte shpresë.

Dhëndëri nderohet

Situata e të dashurit ishte e tmerrshme. Të ndaluar për t'u takuar, ata vuajtën shumë nga keqkuptimi i familjes. Ishin ditë të errëta dhe stresuese. Pse duhet të ndjekim rregulla të tilla të marrëdhënieve të modës së vjetër? Pse nuk mund të jemi të lirë dhe të plotësojmë dëshirat tona? Ky ishte mendimi i të dyve edhe përballë kaq shumë pengesave.

Po mendonte që fermeri të vendoste të vepronte. Ai shkroi një letër, qau shumë dhe punësoi një postier. Punonjësi shkoi për të bërë punën. S'kaloi shumë dhe po përballesha me shtëpinë e Rozës. Ai duartroket dhe pret t'i drejtohet. Një person brenda shtëpisë shfaqet.

Punonjës postar

Hej, djalosh. Ti je Roza? Kam një postë për ty.

Roza.

Po. Shumë faleminderit.

Duke marrë letrën, e reja u kthye në shtëpinë ku u mbyll në dhomë. Me lot në sy, ajo fillon të lexojë tekstin.

Cimbres, 5 dhjetor 1953

Hej, Roza. Po shkruaj për t'i zbuluar indinjatën time familjes tënde se ata e kanë ndaluar marrëdhënien tonë. Ndihem shumë e trishtuar për këtë, të dua absolutisht. Doja të ndërtoja një familje me ty. Doja të largoja nga mjerimi yt financiar.

Nuk mendoj se jeta ishte e drejtë për ne. Pyes veten nëse do të kishte një rrugë tjetër për ne. Dëshiron t'i japësh dashurisë sonë një shans të dytë? A do të kishe guxim ta merrje me mend këtë? Sepse nëse do, të betohem, do të largohem nga ti në një vend larg derisa gjërat të përmirësohen. Por duhet ta analizosh me ftohtësi dhe të dish se çfarë është më e rëndësishmja. Nëse përgjigjja jote është po, mund të vish këtu në fermë, dhe çdo gjë është gati për udhëtimin tonë. Po të pres sot.

Me përzemërsi, Henrikes Garcia

Roza qëndron statike. Çfarë propozimi i pabesueshëm dhe i guximshëm. Në këtë moment, një vorbull emocionesh kalon nëpër mendjen tënde. Është kohë e mjaftueshme që ajo të reflektojë dhe të marrë një vendim përfundimtar. Prindërit e tij ishin nisur për në punë dhe shfrytëzuan rastin për të shkruar letrën që shpjegonte vendimin e tij. Pastaj i mbushi valixhet me gjëra thelbësore dhe iku. Është si të thuash, "Ne jemi të lirë."

Roza merr me qira një derrkuc kur del nga shtëpia dhe dridhet nga ankthi. Në të njëjtën kohë ndjeja shumë emocione. Nuk ishte një vendim i lehtë. Ajo braktisi një marrëdhënie të konsoliduar familjare që të rrezikonte të hynte në një marrëdhënie të dashur. Çfarë do ta kishte bërë të vendoste për këtë? Nuk dihet me siguri. Por faktori financiar ishte në lidhje me njeriun e madh të arsimuar se ai fermer ndoshta ishte arsye e mirë që ajo të fillonte këtë aventurë të guximshme. A do t'ia vlente? Vetëm koha do të kishte përgjigjet e kësaj pyetjeje. Për momentin, donte vetëm të përfitonte nga kjo liri për t'u përpjekur të ishte e lumtur.

Ndërsa makina përparon, ajo tashmë mund të përpiqet t'i fshijë lotët. Ajo duhet të jetë jashtëzakonisht e fortë për të mbajtur pasojat e kësaj zgjedhjeje. Ndër këto pasoja ishin kritikat për shoqërinë dhe persekutimin familjar. Por kush tha se i interesonte? Nëse mendojmë për mendimin e të tjerëve, nuk do të kemi kurrë autonominë për të drejtuar jetën tonë. Ne kurrë nuk do ta shkruajmë historinë tonë me frikë. Kështu e siguroi shumë një siguri personale.

ai arrin në fermë, paguan shoferin dhe del nga automjeti. Kur dëgjon zhurmën jashtë, partneri i saj vjen ta takojë. Ishte me të vërtetë e gjitha e vendosur. Të dy hipin në një makinë tjetër dhe fillojnë udhëtimin. Drejt lumturisë, zoti do.

Udhëtimi.

Fillon udhëtimin në rrugën me baltë që lidh Cimbres in me qytetin e Rio Branco. Moti është i ngrohtë, rruga është e shkretë dhe ato janë me shpejtësi të madhe. Prapa, janë të gjithë familja, miqtë, dhe kujtimi. Në të ardhmen, marrëdhënia e të dyve është duke parë deri atëherë e ndaluar nga shoqëria.

Garcia

Si ndihesh, i dashuri im? Të duhet ndonjë gjë?

Roza.

Ndihem mirë. Të jem këtu me ty më ngushëllon. Nuk jam më një fëmijë që ndjej kaq shumë keqardhje. Papritur, një sekuencë imazhesh po kalon nëpër mendjen time. Të jesh këtu është të luftosh kundër paramendim, është të luftosh për lirinë dhe gëzimin tim për të jetuar.

Garcia

Kuptove. Jam e lumtur që jam pjesë e këtij ndryshimi. Do të jemi në Rio Branco për një muaj. Pas kësaj, u kthyem në fermë. Do të detyrohen të na pranojnë.

Roza.

Hope. Shpresoj që strategjia jote të funksionojë. Ne kishim nevojë për të marrë këtë shans. Po familja jote tjetër?

Garcia

Unë jam tashmë në procesin e ndarjes. Unë do të ndaj gjysmën e pasurisë sime me gruan time të vjetër. Por unë nuk jam i detyruar të qëndroj i martuar me të. Ishin vite gëzimi dhe dedikimi ndaj martesës sonë, por mendoja se duhej t'u jepja fund vuajtjeve. Po nxirrnim shumë njerëz nga kjo.

Roza.

Më bën të ndihem më pak fajtore. Nuk dua të bëhem shkatërruese e shtëpisë. Dua vetëm të gjej vendin tim në botë dhe nëse do të thotë të jesh pranë teje, nëse kjo është lumturia ime, e pranoj që universi më ka siguruar. Por në asnjë moment nuk doja të shkatërroja askënd.

Garcia

Mos u shqetëso, do të kthehem menjëherë. Unë jam ai që u nda prej saj nga vullneti i saj i lirë. Askush nuk mund të na gjykojë. Që kur të kam takuar, jam magjepsur nga ti. Që aty qëllimi im ishe ti. Nuk do të bëja asnjë përpjekje për ta arritur këtë. Aq sa të gjithë janë kundër marrëdhënies sonë, askush nuk mund ta ndalojë atë. Është shkruar në fatet tona këtë takim, maktub!

Roza.

I jam mirënjohës universit për këtë. Dua të shkoj në Rio Branco së shpejti. Dua të njoh më mirë. Asnjë nga të tjerët nuk ka rëndësi për mua. Jemi vetëm ne të dy në univers, dy krijesa që kompletojnë njëri-tjetrin dhe e duan njëri-tjetrin. Dashuria jonë është e mjaftueshme për të arritur nirvana. Kjo magji e dashurisë që na rrethon është përgjegjëse për të.

Garcia

Kështu që të jetë, i dashur. Absolutisht të dua.

Ata vazhdojnë të përparojnë vetëm në atë rrugë me pluhur. Çfarë u përgatit fati për të dy? Asnjë prej tyre nuk e dinte. Ata vetëm u dorëzuan ndaj një energjie të fuqishme që i udhëhoqi ata nëpër errësirë. Asnjë e keqe nuk do të frikësohej sepse dashuria ishte forca më e fuqishme që ekziston. Të gjitha do t'ia vlenin vetëm për faktin se njëri do tjetrin. Ata duhej ta gëzonin jetën në mënyrën më të mirë të mundshme dhe nuk do të ishin rregulla të diktuara nga një shoqëri që do t'i pengonte të kënaqnin të vërtetat e tyre. Ata kishin rregullat e tyre dhe liria e tyre individuale ishte më e madhe se çdo gjë tjetër.

Të vetëdijshëm për këtë, ata po përparojnë në ato rrugë të mrekullueshme në brendësi të Pernambuco. Kishte gurë, gjemba, elementë kulturorë, burrë shteti, faunë, florë dhe një pluhur të madh. Ky skenar ishte një nga më të vërtetët në botë. E ardhmja i priste me krahë hapur.

Një muaj në qytetin e Rio Branco

Nata e dasmës së çiftit filloi në një fermë të vendosur rreth qytetit të Rio Branco. Ishte momenti më i pritur i intimitetit të çiftit. Ata e dhanë veten për të dashur plotësisht, në një valle trupash dhe mendjesh. Gjatë aktit seksual, ata u futën në një ekstazë dhe udhëtuan në botë të papara më parë. Kjo është magjia e dashurisë, e aftë për të kapërcyer kufijtë e imagjinatës.

Pas aktit seksual, është një moment qetësie dhe rrëmbim.

Roza.

Ishte gjëja më e mirë që ka ndodhur ndonjëherë në jetën time. Nuk mendoja kurrë se humbja e pa të meta seksuale sime ishte një gjë kaq fantastike. E shoh tani që kam qenë i pamend të humbas shumë kohë duke pritur për këtë.

Garcia

Po, e dashur. Edhe unë e kam pritur këtë për një kohë të gjatë. E shoh që kisha të drejtë. Ti je gruaja më interesante që kam takuar ndonjëherë. Të dua për gjithë jetën time.

Roza.

A do të kemi fëmijët tanë?

Garcia

Dua të kem shumë fëmijë me ju dhe t'ju shoqëroj gjatë karrierës suaj. Të premtoj, do të jemi të lumtur edhe pse do të jemi të lumtur, edhe nëse do të luftojmë me të gjithë.

Roza.

Ti më siguron shumë. Jam gati ta marr këtë angazhim. Pak nga pak, po i bie ritmit të situatës.

Garcia

Falemnderit shumë. Ndihem shumë i lumtur. Duhet të shkoj të punoj në fermë tani. Kujdesu për punët e shtëpisë. Do të kthehem menjëherë.

Roza.

Mund të ma lësh mua.

Të dy përshëndeten me secilin që do të përmbushë detyrimet e veta. Ndërsa punonte në punën e saj, Roza po mendonte për gjithçka që kishte të bënte me jetën e saj. Për të ndryshuar trajektoren e saj, ishte vetëm një vendim i vogël që shkaktoi transformime të mëdha. Ajo kishte menduar vetëm për veten në dëm të vullnetit të familjes së saj. Sepse, nëse mendojmë për mendimin e të tjerëve, nuk do të jemi kurrë vërtet të lumtur.

Fermeri kthehet dhe ata takohen përsëri në kuzhinë.

Roza.

Si ishte dita jote në punë?

Garcia

Kjo ishte një shumë e angazhimeve profesionale. Jam shumë i lodhur. Çfarë përgatite për darkë?

Roza.

Bëra supë perimesh. A të pëlqen?

Garcia

Jam i dashuruar. Ke një talent të madh për të gatuar. Tani është radha jote. Si e kalove ditën në shtëpi?

Roza.

Kujdesesha për çdo hollësi të pastërtisë, ushqimit dhe organizimit të punonjësve. Unë jam një person shumë i përsosur. Shërbëtorët tanë më lavdëruan. U bëra përshtypje të mirë.

Garcia

E mrekullueshme, e dashura ime. E dija që kisha gjetur personin e duhur. Ti je një grua e mirë dhe pastruese shtëpie. Tani dua të argëtohem më shumë. Të shkojmë në dhomën e gjumit?

Roza.

Po. Po prisja për këtë moment. Dua të mësoj më shumë për magjinë e dashurisë.

Të dy u tërhoqën nga kuzhina dhe shkuan të flinin së bashku. Filloi një natë e re dasme. Ata ishin të angazhuar kohët e fundit dhe kishin nevojë për t'i shijuar këto momente të para me intensitet të madh. Ndërkohë, duket se bota po shembej.

Reagimi i familjes Roza

Pasi lexoi letrën e vajzës së saj, familja e Rozës u trondit. Si mund të ishte kaq perverse kjo mashtrojnë? Me këtë qëndrim, ajo thjesht kishte flakur tej reputacionin familjar dhe respektin në shoqëri. Duke u përpjekur që kjo të mos rezultonte në diçka më serioze, Onofre (babai i Rozës) përgatiti valixhen e tij, hipi mbi kalë dhe shkoi pas vajzës së tij.

Sipas informacioneve të mbledhura nga një mik, Rose do të jetonte në një fermë në Rio Branco. Pra, ai u largua. Duke marrë rrugën e pistë, ai shkoi në kërkim të synimit të tij. Në mendjen e tij të trazuar, po ndodhnin gjëra tmerrësisht të trishtueshme. Dëshira e tij ishte hakmarrja, mizoria dhe shumë zemërim.

Ai ishte i pakënaqur. Që në moshë të njomë, ai kishte luftuar për të punuar për të dhënë atë që ishte më e mira për vajzën e tij. Ai kishte mësuar parimet dhe rregullat më të mira për t'u ndjekur nga një vajzë e mirë. Megjithatë, dukej sikur ajo i kishte hedhur të gjitha tutje. E bëri për para? Ky do të ishte një qëndrim i pafalshëm dhe i vogël. Një fyerje ndaj dinjitetit të familjes.

I pasigurt për këtë, ai përparon në atë rrugë të pistë. Përballë skenarit verilindor, ai rijeton ndjesi të çuditshme që e shqetësonin. A do ta trashëgojë vajza frymën e saj të pavarur dhe të guximshme? Ai kujton të kaluarën e tij me pasionet që kishte jetuar. Ai e kishte gëzuar vërtet jetën, por e kishte humbur dashurinë e jetës së tij nga tregimet për rregullat e shoqërisë. A ishte i lumtur? Në njëfarë mënyre, ndihej i lumtur. Por nuk ishte një lumturi e plotë. Ai kishte humbur dashurinë e tij të vërtetë dhe ajo la vraga në zemrën e tij të pasme. Nuk ishte kurrë e njëjta gjë.

Duke përparuar më tej, isha gati të përballesha me njeriun që kishte grabitur vajzën tënde. Ai qëndroi i qetë dhe i kujdesshëm. Por realiteti është se isha i zemëruar. Ai ndihej i gabuar nga ai çift. Ishte një ndjenjë zhgënjimi, turpi dhe mosbindjeje. Duhej të bëje një përplasje idesh.

Duke e ditur këtë, pak kohë më vonë, ai tashmë po i afrohet fermës. Në hyrje të pronës, ai identifikohet dhe fermeri propozon ta marrë atë. Çifti dhe vizitori takohen në dhomën e ndenjes së shtëpisë së madhe.

Onofre

Jam i mërzitur. Ti ia mbathe si banditë. Ju keni krijuar një situatë shumë delikate për të gjithë ne. Çfarë ishte kjo çmenduri? Pse do ta bënin këtë?

Garcia

Kjo ishte e vetmja rrugëdalje. Ju vepruat sikur keni në zotërim vajzën tuaj. Por nuk është kështu. Fëmijët kanë të drejtë të vendosin vetë jetën e tyre. Unë isha zgjedhja e vajzës tënde, dhe ne e duam njëri-tjetrin. Gjithsesi do të ndërtojmë një familje. Ne nuk kemi nevojë për miratimin tuaj për këtë. Kjo është diçka që dua ta bëj të qartë.

Roza.

U ndjeva shumë keq që ia mbatha. Por unë nuk jam i burgosuri yt, babi. Kam shpirtin e lirë. Doja të provoja diçka ndryshe në jetën time. Më pëlqeu vërtet jeta që mund të më japë burri. Jam i sëmurë nga jeta që po bëja. Jo vetëm në çështjen financiare, por edhe në çështjen e pavarësisë sime. Me të, ndihem i sigurt.

Onofre

E kuptoj këtë. Por ajo që kisha frikë ndodhi. Ti je tallja e shoqërisë. Të gjithë na kritikojnë për shkatërrimin e shtëpive. Ky burrë, kishte një grua dhe fëmijë. Nuk është një situatë e lehtë.

Garcia

Të gjithë kemi të drejtë të bëjmë një gabim, zotëri. E kisha gabim të zgjidhja martesën e parë dhe nuk isha i lumtur. Kur takova vajzën tënde, rashë në dashuri. Nuk kisha asnjë dyshim. Doja ta filloja jetën time nga e para. Nuk mendoj se dikush mund të na gjykojë të dyve.

Roza.

Nuk e kisha menduar kurrë se do të ishte e lehtë. Por nuk mund të jetoj në bazë të opinioneve të tjerëve. Jam jashtëzakonisht i lumtur pranë burrit tim. Të dy e kompletojmë njëri-tjetrin. Tashmë jemi burrë e grua.

Onofre

Do të thuash që ke bërë seks? Pra, kjo është një rrugë pa kthim. Nëse dëmi është bërë, atëherë e vetmja gjë që mbetet është të supozojmë se. Do martohesh me vajzën time?

Garcia

Po, kam në plan ta bëj këtë së shpejti. Tashmë kemi një lidhje martesore. E vetmja gjë që mbetet për t'u bërë është ta bëjmë zyrtare. Çfarë i thua kësaj? Po sikur të sajojmë?

Roza.

Do të ishte veçanërisht e rëndësishme për mua të kisha miratimin tënd, babi. Nuk doja të isha në konflikt me familjen time. Nëse na pranon, lumturia ime do të ishte e plotë.

Onofre

Nuk kam zgjidhje tjetër. Mund të kthehesh në Cimbres. Do ta bekoj këtë dasmë. Por kam një kërkesë. Nëse e bën familjen time të vuajë, mund të jesh i sigurt se nuk do të kesh një përfundim të suksesshëm.

Garcia

Nuk do ta lëndoja kurrë personin që dua. Të premtoj se do të nderoj për gjithë jetën time.

Roza.

Faleminderit shumë, babi. Do të kthehemi në atdheun tonë. Dua që fëmijët e mi të rriten pranë teje. Të dua. Të dua.

Të tre u ngritën në këmbë dhe u përqafuan. Më vjen keq që takimi ishte i suksesshëm. Tani, vazhdo me jetën tënde dhe përballu me pengesat që do të vinin.

Kthimi në Cimbres

Me zgjidhjen e problemit të marrëdhënieve, çifti u kthye në fermën në Cimbres. Në këtë mënyrë filloi një cikël i ri jete për të gjithë ata. Ata mblodhën familjen për të festuar këtë bashkim.

Magdalena
Nuk prisja ta njihja këtë, por ju të dy bëni një çift të bukur. Ke një melodi të mrekullueshme që të jep shumë kënaqësi. Urime, të dashurat e mia.

Roza.
Faleminderit shumë, mami. Jam jashtëzakonisht i lumtur dhe i kënaqur me këtë. Të kesh mbështetjen tënde është gjithçka që doja. Ke plotësisht të drejtë. Jam jashtëzakonisht i lumtur pranë burrit tim.

Garcia
Vërtet e vlerësoj vërejtjen tënde, vjehrra. Më vjen mirë që e kuptuat se kemi një dashuri të vërtetë mes nesh.

Onofre
Konfirmoj fjalët e gruas sime. Kërkoj falje për mosmarrëveshjet tona. Ti je një njeri shumë i mirë. Kur do të dalë kjo dasmë?

Garcia
Dua të martohem në fund të këtij viti. Po bëjmë një festë të madhe. Të gjithë duhet të marrin pjesë. Do të jetë një ditë e paharrueshme për të gjithë, dita e realizimit të bashkimit tonë.

Roza.
Do ta rregulloj. Më pëlqen organizimi i festave. Do të jetë dita më e lumtur e jetës sime.

Të gjithë duartrokasin dhe ngrenë dolli me birrë. Jeta është vërtet një rrotë. Asgjë nuk është përfundimtare. Në një çast, çdo gjë mund të kthehet në jetën tënde. Ajo që është e keqe sot mund të kthehet në një mirësi në të ardhmen. Prandaj, të mos pendohemi për gabimet tona. Ato shërbejnë si mësim dhe për zhvillimin e strategjive të reja. E rëndësishme është të mos heqim dorë nga ëndrrat tona. Ëndrrat na udhëheqin në udhëtimin tonë në tokë. Ia vlen t'i jetojmë këto momente me gëzim, prirje, besim dhe shpresë. Ka gjithmonë një shans për fitore dhe sukses. Besoje këtë.

Përpjekja e ish- dhëndrit për pajtim

    Piteri punonte në Sao Paulo dhe mësoi nëpërmjet një letre për tradhtinë e nuses. Ai ishte i trishtuar, i brengosur dhe i neveritur. Si mund ta flakte tej një dashuri kaq të bukur, saqë ekzistonte mes të dyve? E gjithë kjo sepse kundërshtari yt ishte një fermer i pasur? Kjo nuk do ta çonte askund. Ai ishte i vetëdijshëm për vlerën e tij si një qenie njerëzore dhe për kthetrat e tij për të fituar. Sa keq që ajo nuk e vlerësonte këtë.

    Por ai nuk kishte hequr dorë ende. Ai do të bënte një përpjekje të fundit për afrimin. Me këtë, ai mori autobusin dhe filloi të bënte udhëtimin për t'u kthyer në verilindje të Brazilit.

    Duke mbërritur në vendin e ngjarjes, ai shkon në fermë. Ai lajmëron veten dhe përshëndetet nga e dashura e tij e vjetër. Ata vendosen në divanin e dhomës së ndenjjes.

Roza.

Jam shumë i sigurt që burri im nuk është këtu. Çfarë bën ti këtu? A je i çmendur?

Piter

Nuk e pranoj, Roza. Sa shumë më mungon. Pse më tradhtove kështu? Nuk ishe ti ai që më the se më doje?

Roza.

Kuptove, e dashur. Ti je larguar nga jeta ime. Nuk kisha asnjë detyrim të prisja. Mendova në një mënyrë praktike. Pashë një mundësi më të mirë për veten time.

Piter

U largova për të marrë para për dasmën tonë. Ramë dakord për këtë. Kur dëgjova se kishe bërë shok, u tmerrova. Ti më zhgënjeve plotësisht.

Roza.

Më vjen keq për vuajtjet tuaja. Por ti je shumë i ri. Do të doja të gjeje një grua tjetër të asnjë profesion. Të kërkoj të më harrosh përgjithmonë dhe të jesh vetëm shok.

Piter

Ti nuk do të jesh kurrë miku im. Ti gjithmonë do të jesh dashuria ime. Nëse e rishqyrtoj vendimin tënd, eja tek unë.

Roza.

Në rregull. Ne nuk e dimë se si do të jetë fati ynë. Le ta vëmë këtë në duart e Perëndisë. Gjithë të mirat për ty. Vetëm rri në paqe.

Piter

Zoti të bekoftë dhe të mbrojë. Do të kthehem në punë në San Paulo dhe do të kujdesem për jetën time.

Kështu ndodhi. Pjetri u kthye në qytetin e San Paulos. Ishte e nevojshme të harronte vuajtjet dhe të vazhdonte jetën e tij. Kishte shumë gjëra të mira për të përfituar nga jeta.

Festimi i dasmës

Dita e shumëpritur ka ardhur. Në një bashkim familjar të përfshirë në vallëzim, festë dhe muzikë, ata festuan bashkimin e çiftit tonë të preferuar. Ishte një festim i madh. Ka ardhur koha që nusja dhe dhëndri të flasin.

Garcia

Ky është një moment kyç në historinë tonë. Një moment uniteti, harmonie, vendosmërie dhe lumturie. Kjo është jeta jonë duke u bashkuar. Para së gjithash, premtoj se do ta përmbush denjësisht rolin tim si bashkëshort. Do të përpiqem të jem burri më i mirë në botë. Ne do të rritemi së bashku dhe do të formojmë familjen tonë. Për këtë, kam nevojë për mbështetjen dhe mirëkuptimin e familjes. E kuptoj që një marrëdhënie është e komplikuar. Do të ketë momente luftimesh, pakënaqësish dhe çaste lumturie. Por do t'i përballojmë të gjitha këto së bashku deri në fund. Çfarë mendon, e dashur?

Roza.

Unë jam gruaja më e lumtur në botë. Mora atë që doja. Urojmë që fëmijët dhe nipërit tanë të arrijnë ta kurorëzojnë këtë marrëdhënie. Që tani e tutje, do të jem në gjendje të jetoj një jetë të plotë. Kjo nuk do të thotë se gjithçka do të jetë e përsosur, por ne mund të kapërcejmë pengesat që dalin. Kam qenë një luftëtar i madh që kur isha i ri. Nuk e kam lënë kurrë veten të mposhtem nga dështimet e jetës. Gjëja më e rëndësishme ishte se gjithmonë kisha besim te vetja. Unë jam shumë i arritur.

Të gjithë duartrokasin dhe festa vazhdon. Ka qenë një ditë e gjatë plot me festime familjare. Në fund të natës, të gjithë thonë lamtumirë dhe çifti shijon natën e dasmës në fermë. Ishte fillimi i një historie të re.

Lindja e fëmijës së parë

Ka qenë një vit martese. Roza mbeti shtatzënë dhe pas nëntë muajsh erdhi dita e shumëpritur e lindjes së vajzës së saj. Çifti mori makinën dhe shkoi në spitalin e qytetit. Atje, mjeku filloi ta dorëzonte. Për dy orë, gruaja qau dhe rënkoi derisa i lindi i biri. Babai hyri në dhomën e lindjes dhe përqafoi të birin. Edhe nëna filloi të derdhte lot, e mërzitur.

Garcia

Jam jashtëzakonisht i lumtur. Vajza ime është e bukur dhe e hijshme. Faleminderit dashuria ime. Ti më bën njeriun më të lumtur në botë.

Roza.

Unë jam gjithashtu gruaja më e lumtur në botë pranë teje. Ky është fillimi i trajektores sonë familjare. Shoh se po ecim në një rrugë të mirë dhe pavarësisht nga të gjitha vështirësitë, dalëngadalë po e kapërcejmë veten. Suksesi na pret, e dashur.

Garcia

Le të shkojmë në shtëpi. Pjesëtarët e familjes sonë janë në ankth.

Çifti u largua nga dhoma e lindjes, kaloi hollin kryesor, arriti në zonën e jashtme dhe hipi në makinë. Pastaj udhëtimi i kthimit fillon. Ata kalojnë gjithë qytetin drejt jugut dhe fillojnë të ecin në rrugën e pistë. Kishte pak lëvizje, dielli ishte i fortë, zogjtë fluturonin jashtë makinës.

Në një moment tjetër, dielli zhduket dhe një shi i hollë fillon të bjerë. Mjedisi rural ishte i përsosur për reflektime dhe emocione.

Ata përparojnë në rrugën e mbushur me mendimet, dyshimet dhe të shqetësuarit e tyre. Ata kalojnë përmes kthesave gjarpëruese të malit të shenjtë. Një mal ftues, i keq dhe i rrezikshëm. Ishin emocione që zhytur poshtë gjatë gjithë kohës. Kjo do të ishte e mrekullueshme për t'u provuar.

Kur mbërrijnë në shtëpi, marrin të afërmit e tyre dhe fillojnë një festë. Në një festë të larë me birrë, muzikë dhe kërcim, ata kënaqen gjithë ditën. Ishte një lumturi e madhe bashkë me miqtë. Pra, ata kanë momente të mrekullueshme dhe emocionuese. Por trajektorja e tyre sapo kishte filluar.

Krijimi i tregtisë së parë

Pas lindjes së djalit të tyre dhe me ardhjen e shpenzimeve të reja, çifti filloi të hartonte një plan për të zgjidhur situatën dhe arriti një marrëveshje.

Garcia

Do të hap një treg për ty, gruaja ime. Do ta vendos vëllain tënd brenda për të qenë administratori i faqes. Ai është një njeri shumë inteligjent.

Roza.

Kjo është e mrekullueshme, e dashur.

Në këtë mënyrë, vëllai i Rozës erdhi në shtëpi dhe dëgjoi bisedën.

Roney

Nuk di si të falënderoj. Më duhej një profesion. Kam edhe shumë shpenzime me familjen.

Garcia

Përveç kësaj mundësie, ju gjithashtu mund të krijoni qe dhe të vini në tokën time. Nuk do të duhet të paguash me qira. Në këtë mënyrë, mund të bësh para më shpejt.

Roney

Oh, Zoti im, e cila është e mrekullueshme. Faleminderit shumë, kunati. Nuk do të zhgënjej. Mund të mbështetesh tek unë gjatë gjithë kohës.

Garcia

Unë jam në dijeni të kësaj. Ti je një njeri që mund t'i besosh. Gjithmonë do të jem aty për ty.

Roza.

Kjo ishte një ide e shkëlqyer. Më vjen mirë që gjithçka funksionoi. Bashkimi i familjes sonë është fantastik. Jam jashtëzakonisht e lumtur, e dashur. Do të rritemi bashkë.

Me të drejtë, ata filluan përgatitjet për zbatimin e kompanisë. Çdo gjë duhej të ishte perfektë që biznesi të ishte një sukses.

Hapja e tregut

Dita e pritjes së hapjes ka ardhur. Një turmë e madhe mori pjesë në festë. Në një natë që përfshinte vallëzim, pije, muzikë dhe shumë takime, ata përuruan sipërmarrjen e tyre. Ishte realizimi i një ëndrre për të gjithë njerëzit e pranishëm.

Tregu kishte një shumëllojshmëri produktesh ushqimore dhe do të ishte pionier në rajon. Kjo do të shmangte udhëtarët e panevojshëm për në qytet.

Kjo ishte një pengesë tjetër e kapërcyer në jetën e atij çifti të parë. Mund të vijnë arritje të reja.

Begati

Kanë kaluar disa muaj. Tregtia dhe tufa e qeve lulëzoi, gjë që krijoi një siguri të madhe financiare për atë familje. Në lidhje me lumturinë, ata ishin në harmoni të madhe dhe paqe në shtëpi.

Kishte qenë një kthesë e madhe në jetën e tyre. Ata kishin besuar në projektin e tyre familjar, kishin hasur pengesa dhe me guxim kishin marrë identitetin e tyre. E gjithë kjo solli rezultate konkrete.

Në fazën e re që filloi, ata po planifikonin fluturime më të larta. Ata ishin të bashkuar për realizimin e familjes ideale. Ata dëshironin një mjedis ideal paqeje, kujtimesh dhe lumturie. Prandaj po punonin kaq shumë.

Familja

Vitet kalonin dhe familja ishte rritur me lindjen e fëmijëve të rinj. Nga ana financiare, ata kishin begati në rritje. Kështu, lidhja familjare po vendosej. Kjo binte në kundërshtim me të gjitha parashikimet e marrëdhënieve të tjerëve.

Kjo është arsyeja pse gjithmonë duhet të marrim në dorë jetën tonë. Duhet të çlirohemi nga ndikimi i të tjerëve dhe të bëhemi autorë të trajektores sonë. Vetëm atëherë do të kemi një shans për të qenë të lumtur. Duhet besim, elasticitet, vullnet dhe liri.

Fati ynë i vërtetë është të jemi të lumtur. Por për ta arritur këtë, duhet të veprojmë më shumë dhe të presim më pak. Kjo është ajo që ky çift ka mësuar gjatë gjithë jetës së tyre.

Periudha dhjetë-vjeçare

Fermeri ndihmoi financiarisht familjen e nuses. Të gjithë të afërmit e saj u rritën në çdo mënyrë. Kjo solli për të gjithë më shumë harmoni dhe lumturi. Ishte një bashkim i përsosur dhe i lumtur. Pas dhjetë vjetësh, fermeri vuajti nga një sëmundje e rëndë. Pavarësisht nga përpjekjet e të gjithëve, ai nuk arriti ta merrte veten dhe vdiq.

Ishte një dhimbje e madhe për të gjithë të afërmit. Procesi i hidhërimit filloi dhe zgjati shumë. Ishin periudha të errëta dhe stresuese. Pasi kaloi kjo dhimbje e madhe, u bë një planifikim i ri. Duhej rifilluar jeta në një mënyrë ose në një tjetër.

Ribashkim

Pas vdekjes së fermerit, ish dhëndri u kthye në Pernambuco. Shkoi të takonte një vejushë.

Piter

Jam gati të fal. Tani që je vejushë, dua të kthehem së bashku me ty. Nuk kam më dhimbje në zemër.

Roza.

Kisha disa fëmijë me tim shoq. Edhe ti u martove. A mund ta kthejmë prapë dashurinë tonë?

Piter

Ju siguroj se do të funksionojë. Ne ende mund të jemi të lumtur. Situata tani është krejtësisht e ndryshme. Rrugët tona janë bashkuar përsëri. Vetëm vazhdo dhe ji i lumtur.

Roza.

Do ta marr unë. Dua të jem i lumtur me ty. Le të ndërtojmë një histori të bukur. Ky është shansi ynë.

Çifti u përqafua dhe u puth. Që nga ajo kohë, ata kishin më shumë fëmijë dhe ndërtuan një marrëdhënie ideale. Ishte realizimi i një ëndrre të vjetër. Më në fund, historia arriti një përfundim të suksesshëm.

Njohja e rolit të saj në shoqëri

Ne nuk e dimë se nga kemi ardhur apo nga po shkojmë. Kjo është diçka që na ka ndjekur gjatë gjithë jetës sonë. Kur lindim dhe e kuptojmë mjedisin shoqëror në të cilin jetojmë, kemi një përshtypje të vogël se çfarë mund të jemi në jetë. Por është thjesht një supozim. Këto kërkime të brendshme na çojnë në një kërkim të shfrenuar për të ditur se kush jemi dhe çfarë mund të jemi. Pikërisht këtu stërvitja e vetë jetës na çon në vendin e duhur.

Në këtë rrugë të jetës, udhëhiqemi nga shenja. Njohja dhe intuita nuk është e lehtë sepse kemi dy forca në konflikt në qenien tonë: të mirën dhe të keqen. Ndërsa e mira na ka drejtuar në anën e djathtë, e keqja përpiqet të na shkatërrojë dhe të na largojë nga fati i vërtetë i

Perëndisë. Të heqësh dorë nga ky veprim i mendimeve negative është një aftësi që pak veta e kanë.

Në atë moment, mësuesit frymorë shfaqen në jetën tonë. Duhet të kemi frymën e përgatitur për të ndjekur këshillat tuaja dhe për të pasur sukses në jetë. Por nëse e vë veten si një frymë rebele, asgjë nuk do të bëjë. Ky quhet ligji i kthimit ose ligji i të korrave. Ji i mençur dhe zgjidh të duhurin.

Le të shkojmë te shembulli im. Emri im është aldivan, i njohur si shikuesi, bir i Zotit ose Hyjnor. Linda në një familje të varfër fermerësh me një situatë të paktë financiare. Pata një fëmijëri të mrekullueshme, pavarësisht nga vështirësitë financiare. Kjo fazë e fëmijërisë është më e mira e jetës sonë. Kam kujtime të bukura nga fëmijëria dhe rinia.

Kur arrijnë moshën e rritur, fillojnë koleksionet e familjes dhe të shoqërisë. Është një fazë rraskapitëse dhe dëshpëruese. Duhet të kemi kontroll emocional për të kapërcyer çdo pengesë që shfaqet. Në këtë mënyrë, fokusi im ishte kërkimi për stabilitet financiar. Mjerisht, çështja emocionale dhe e dashur ishte zgjidhja e fundit. Ndërkohë, mendoj se bëra zgjedhjen e duhur. Kjo çështje prekës është tepër e ndërlikuar sot. Jetojmë në një botë mizore plot dashuri. Jetojmë përkrah njerëzve egoistë dhe materialistë. Jetojmë përkrah njerëzve që duan vetëm të përfitojnë nga vlerat morale. Për të gjitha ato që përmenda, besoj se zgjedhja ime për anën profesionale ishte zgjedhja e duhur.

Fillova kolegjin dhe fillova të punoja në shërbimin publik. Ishte një sfidë e madhe personale për mua. Pajtimi i veprimtarive të ndryshme paralelisht me veprimtarinë artistike nuk është i lehtë për askënd. Ishte një periudhë zbulimesh dhe mësimesh të rëndësishme që e shtuan ndërtimin e karakterit tim. Kohët e bukura më bënë të lumtur dhe të harmonishëm. Kohët e vështira më sollën dhembje jashtëzakonisht të forta që më bënë një njeri më të përgatitur për të përballuar situatat e përditshme të jetës.

E gjithë karriera ime më ka mësuar se ëndrrat tona janë gjërat më të rëndësishme në jetën tonë. Për ëndrrat e mia vazhdova të jetoja dhe të këmbëngulja në suksesin tim. Pra, mos u dorëzo kurrë nga ajo që do. Një jetë boshe është një barrë jashtëzakonisht e tmerrshme për t'u mbajtur. Pra, nëse dështon, i referohem planifikimin tënd, dhe provo përsëri. Do të ketë gjithmonë një shans të ri ose një drejtim të ri. Beso në potencialin tënd dhe vazhdo përpara.

Kërkimi i ëndrrave

Jetoja në fëmijëri në një situatë krejtësisht të paprivilegjuar. I lindur në një familje fermerësh, të ardhurat e vetme të cilëve ishin një pagë minimale sipas standardeve braziliane, hasa vështirësi të mëdha financiare në fëmijëri. Kjo mungesë e burimeve më bëri të dëshiroja të luftoja për projektet e mia që në moshë të vogël. Hoqa dorë nga fëmijëria që të përgatitesha për tregun e punës. Qëllimi im i vetëm ishte të fitoja pavarësinë financiare që nuk është aspak e lehtë.

Braktisa çdo lloj zbavitjeje për t'iu kushtuar projekteve të mia. Kjo ishte një zgjedhje personale përballë çështjes sime personale. Por çdo zgjedhje ka pasojën e saj. Nuk gjeja dot dashuri të vërtetë që i isha kushtuar kaq shumë anës profesionale. Kjo ishte një pasojë e madhe e veprave të mia. Nuk pendohem. Dashuria e vërtetë mes çifteve është gjithnjë e më e rrallë.

Ishte një trajektore e gjatë përpjekjesh në studime dhe punë. Jam krenar për trajektoren time personale dhe inkurajoj të rinjtë të luftojnë për ëndrrat e tyre. Duhet shumë përqendrim në çdo gjë që i kushtoni vetes. Megjithatë, duhet të jemi gjithnjë racionalë në planifikimin e jetës. Unë them se nga aspekti financiar, tenderi publik është zgjedhja më e mirë. Konkurrenca në fushën publike ka stabilitet, i cili është thelbësor për planifikimin financiar.

Me një planifikim të mirë financiar, kemi mundësi të kemi një pikëpamje më të mirë për jetën. Aspektet e tjera të jetës janë, gjithashtu, plotësime për të ndriçuar jetën tonë. Ndërkohë, ajo që duhet të bëjmë për t'ia dalë mbanë është të bëjmë mirë. Jemi plotësisht në gjendje të bekohemi nga veprimet tona.

Përvojat e fëmijërisë

Linda dhe u rrita në një fshat të vogël në verilindje të Brazilit. Me origjinë nga një familje e përulur, fëmijërinë e vuajta, por përfitoi shumë. Luaja top dhe hidhja majat me djemtë, lahesha në lumë, ngjitesha në pemët frutore dhe haja frutat e tyre, studioja në shkollë dhe arrija një duke vepruar superiore. Mora pjesë në festa dhe ngjarje shoqërore. Kisha një jetë krejtësisht të lumtur dhe pa përgjegjësi.

Çështja e gjendjes financiare të paprivilegjuar më mbyti, por nuk më pengoi të kaloja momente të lumtura përkrah familjes, të afërmve, miqve dhe fqinjëve. Ato ishin kohë të mira që nuk u kthyen më. Me sa më kujtohet kjo, e ndiej energjinë time të gjallë që jehon gjatë gjithë qenies sime.

Përvoja e fëmijërisë ishte karburanti që më nevojitej për të ushqyer shpresat e mia për të qenë të lumtur dhe të suksesshëm. Gjendja ime familjare nuk ishte e lehtë: një familje tradicionale, krejt në kundërshtim me orientimi seksualin tim dhe e ngurtë deri në atë pikë sa nuk merrja vendime. Kur babai im ishte gjallë, ai ishte në krye të familjes. Pas vdekjes së prindërve, vëllai im i madh, i pesti në radhën e trashëgimisë, nuk lejoi askënd të kishte një mendim për trashëgiminë e babait tim. Ai është ai që mbizotëroi çdo situatë. Ai ishte një njeri i pamëshirshëm.

Pra, unë aktualisht jetoj në shtëpinë që kam trashëguar nga prindërit e mi, por pa asnjë fuqi vendim-marrëse për asgjë. I nënshtrohem kësaj situate, kështu që nuk kam pse të jetoj jashtë dhe të jem vetëm. Nuk mund ta duroj vetminë në asnjë nga format e saj. Kam frikë nga e ardhmja dhe i kërkoj Perëndisë të mos jetë vetëm në pleqërinë time.

Askush nuk e respekton orientimi seksualin tim.

Brazili është një vend i tmerrshëm për grupin LGBTI. Unë e kam marrë veten si LGBTI dhe nuk mund të mjaftohem duke pasur tallje dhe shaka kudo që shkoj. Ata janë tallje brenda familjes, në komunitetin ku jetoj, kur udhëtoj, në shkollë, në punë. Sidoqoftë, unë nuk jam i respektuar askund.

Njerëzit duhet të kuptojnë se orientimi seksuali nuk përcakton karakterin tonë. Unë jam një qytetar i mirë, punoj, paguaj borxhet e mia, përmbush detyrat e mia si qytetar dhe ende askush nuk më jep të drejtën për asgjë. Është sikur jam i padukshëm dhe një bezdi në shoqëri.

Më vjen keq që ka kaq shumë njerëz mendërisht të vonuar. Më vjen keq që ka kaq shumë njerëz që keqtrajtojnë dhe vrasin njerëz. Është vërtet e trishtueshme të mos kesh një strehë. I vetmi person që më mbështet është Zoti. Ai është me mua në çdo kohë, dhe nuk më ka lënë kurrë.

Gabimi i madh që bëra në jetën time të dashurisë

Takova një burrë ditën e parë në punën time të re. Ai është një njeri shumë i pashëm dhe është treguar i sjellshëm dhe i sjellshëm me mua. U kënaqa me të. Menjëherë patëm një afërsi të madhe dhe ia kaluam shumë mirë. Nëpërmjet miqve mësova se kishte një takim me një grua. Prapëseprapë, nuk më pengoi ta doja në një mënyrë që nuk e doja kurrë një burrë tjetër. Ky ishte një gabim i madh që më kushtoi shumë para. Do ta shpjegoj më tej.

Pas një viti, më në fund vendosa të investoja në marrëdhënien me këtë njeri. E kam deklaruar veten në një datë veçanërisht të rëndësishme për të dy ne. Ajo që ishte një ndjenjë kaq e bukur dhe e magjepsur u kthye në një katastrofë të madhe. Ai ishte shumë i pasjellshëm me mua dhe më hodhi poshtë. Ai më shkatërroi plotësisht dhe me këtë ne u larguam për të mos u bashkuar më kurrë.

Unë nuk fajësoj atë. Ishte faji im i madh që i investova shpresat e mia tek një njeri që kishte një angazhim ndaj dikujt tjetër. Por kjo ishte prova që doja me të vërtetë. Doja të shikoja nëse ai ndjeu diçka të tillë për mua. Kur zgjodhi gruan e tij, tregoi se e donte gruan e tij më shumë se mua. Kjo është diçka që nuk po e kërkoj. Nuk do të isha kurrë një zgjedhje e dytë për një burrë. Unë dua dhe gjithmonë e meritoj të jem vendi i parë në një marrëdhënie. Më pak se kaq, nuk e pranoj. Ndihem mjaft mirë vetëm.

Pas kësaj ngjarjeje tragjike, më pëlqeu ende ky njeri për tetë vjet rresht. Tani, ndjenja që kam për të është e fjetur. Duket se largësia më ka ndihmuar në procesin. Ndihem mirë mendërisht dhe shpresoj të mos bie më kurrë në një kurth të ngjashëm. Është më mirë të kesh shëndet mendor dhe të jesh beqar.

Zhgënjimi i madh që pata me bashkëpunëtorët e punës

Në punën time të re dhe në shumë të tjera që kam pasur, kam gabuar shumë me njerëzit. Në të gjitha këto situata, provova një metodë miqësore me bashkëpunëtorët e punës. Doja të isha shok me ta, por me të vërtetë më vjen keq. Në këtë kuptim, kisha zhgënjime të mëdha që më bënë të nxirrja përfundimin se askush nuk ka miq në punë.

Ndihem e zhgënjyer që nuk kam miq kudo që shkoj. Mendoj se një pjesë e madhe e problemit qëndron në paragjykimet e njerëzve. Sepse unë jam, burrat e shmangin hyrjen në çdo mënyrë që unë po shkoj. Për sa i përket grave, ato kanë frikë se unë do të marr burrin e tyre. Gjithsesi, ndihem i izoluar.

Bota është një sfidë e madhe për ata që janë pjesë e një pakice të refuzuar. Duhet të jetojmë me njerëz të ndryshëm dhe neveri ndaj veçorive tona. Nuk është një proces i pa mundimshëm për t'u përballur me shoqërinë kaq vonë. Nuk kam mbështetjen e askujt. As në grupin tim seksual, nuk më mbështet. Ka paragjykime të tjera në komunitetin që më izolojnë edhe më shumë. Ja pse pas 14 vjetësh në kërkim të dashurisë, hoqa dorë plotësisht. Jam një njeri i vetëm dhe i lumtur në ditët e sotme. Ndihem i ndriçuar dhe i bekuar nga Perëndia në çdo gjë që bëj.

Parashikimet e mëdha për jetën time

Unë jam një njeri jashtëzakonisht i lumtur. Unë kam shëndetin tim në gjendje të përsosur për shkak të një ndreqjeje të madhe të ushqimit që bëj, kam shumë të afërm që më vizitojnë herë pas here, kam punën time që më mbështet financiarisht, kam aktivitetet e mia artistike si mbështetje psikologjike dhe kam një Zot të madh që nuk më braktisi kurrë.

Kam kaluar disa vështirësi të mëdha që kur isha i ri, dhe kjo më bëri të bëhem njeriu që jam sot. Unë jam një person jashtëzakonisht i fortë mendërisht, kam besim në shpirtërore, besoj në fatin tim të mirë dhe besoj se ëndrrat e mia do të realizohen edhe nëse duan kohë. Kjo kërkim për ëndrra është ajo që më mban gjallë. Unë jam shkrimtar, kompozitor, prodhues filmash, skenarist, përkthyes mes veprimtarive të tjera artistike.

Në njëfarë mënyre, tashmë kam përmbushur shumë ëndrra që kisha. Për ata që kanë lindur në kushte shumë të pafavorshme, kjo është një arritje e madhe. Unë kam lindur me absolutisht asgjë dhe sot kam një karrierë të qëndrueshme. E gjitha falë përpjekjeve të mia personale. Unë jam një njeri shumë luftëtar dhe i fokusuar. Ndihem krenar për veten në çdo mënyrë. Pra, parashikimi që bëj për jetën time është se do të jem plotësisht i suksesshëm, sepse përpiqem për të.

Shenjtori që ishte biri i një farmacisti

Farmaci

Civitavecchia- Itali

1 janar 1745

Ekipi i punës u mblodh të gjithë në festimin privat të djalit të shefit.

Shef

Jemi mbledhur këtu me familjen time të dytë për të përkujtuar ardhjen e djalit tim në familjen time. Është një ditë gëzimi dhe një ditë vazhdimësie e një brezi. Unë do të lë të mirat e mia dhe karakterin tim si një shembull. Unë mbështetem në ndihmën tënde, Eloisa ime e dashur, kështu që ne mund ta rrisim këtë djalë së bashku.

Eloisa

Jam e emocionuar, e dashur. Sot është një ditë shpërblyese për mua. Fillimi i një cikli festiv. Premtoj se do të përpiqem të mos bëhem më nëna më e mirë e mundshme për djalin tonë.

ASGJË NUK MUND T'I SHPËTOJË FATIT TUAJ

Përfaqësues punonjësish

Në emër të gjithë punonjësve, urojmë çiftin dhe urojmë shëndet, sukses, begati dhe durim për të rritur fëmijën. Nuk është një detyrë e lehtë të kujdesesh për fëmijët në ditët e sotme. Ne do të jemi të gatshëm t'ju mbështesim në çdo mënyrë që ju nevojitet.

Shef

Falemnderit të gjithëve!

Festa ka filluar. Kishte shumë ushqim, kërcim, grup muzikor dhe shumë gëzim. Ishin tre ditë festash me rresht që i lodhi të gjithë. U desh të festoheshin ngjarje të shquara dhe ata meritonin një pushim, sepse punonin shumë.

Vitet e para

Djali Vincent Maria Strambi ishte i gëzuar, i kënaqur dhe shumë i bindur ndaj prindërve të tij. Për shkak të gjendjes së lartë financiare të familjes, ai kishte shumë mundësi në dispozicion: ai kishte një mësues privat, mësime noti, luante sport me miqtë, udhëtonte shumë dhe kishte momentet e tij të vetmisë. Ai studioi shumë Biblën, gjë që zbuloi prirjen e tij katolike që nga fillimi i fëmijërisë dhe i rinisë së tij.

Një ditë, më në fund ndodhi një moment i veçantë familjar.

Shef

Gjithçka është rregulluar për udhëtimin tënd, biri im. Ndërsa kuptuam interesin tuaj për fenë katolike, unë dhe mamaja juaj vendosëm t'ju dërgonim në seminar. Atje do të kesh mundësi të kesh një zhvillim më të mirë psikologjik, fetar dhe emocional.

Eloisa

Mendoj se kjo është një ide e zgjuar. Nëse nuk funksionon, mund të kthehesh. Dyert e shtëpisë sime do të jenë gjithmonë të hapura për ty, biri im.

Vincent

Ta dhashë, mami. Ju vlerësoj të dyve. Unë tashmë jam i mbushur dhe me shumë shpresa. Premtoj se do t'i përkushtohem studimeve të mia. Unë do të jem ende një njeri i madh.

Eloisa

| 53 |

Ti je krenaria jonë, bir. Ne do t'ju japim të gjithë mbështetjen që ju nevojitet. Mbështetu tek ne gjithmonë.

Vincent

Faleminderit. Shihemi me pushime.

Pas një përqafimi dhe puthjeje të gjatë, më në fund u ndanë. Shoferi e shoqëroi djalin në makinë dhe kaloi disa momente derisa shkuan përgjithmonë. Ishte fillimi i një udhëtimi të ri për atë djalin e vogël.

Udhëtimi.

Fillimi i ecjes filloi monoton. Vetëm era e ftohtë dhe piklat e vogla goditën deklaratë e pasme dhe u spërkatën brenda makinës duke e lënë djalin vigjilent. Në të njëjtën kohë kishte shumë emocione. Nga njëra anë, frika nga e panjohura dhe tjetra, ankthi dhe nervozizmi që e konsumatori atë. Kjo është e zakonshme për shumë njerëz në situata të reja që paraqiten në jetën tonë. Nuk ishte e lehtë të braktisje një jetë ngushëllimi dhe mbrojtjeje të prindërve edhe më shumë sesa Vincent ishte vetëm një fëmijë.

Gjendja reflektuese u thye vetëm për shkak të rënies në dysheme të një pakete cigaresh. Djali zbriti poshtë, mori cigaret dhe ia ktheu shoferit. Ai bën një shprehje mirënjohëse.

Shofer

Më shpëtove jetën, djalosh. Ajo paketë cigaresh më shpëton nga depresioni.

Vincent

A e dinit se cigaret janë një zakon i keq dhe kjo mund të jetë e dëmshme për shëndetin tuaj? Çfarë ndodhi në jetën tënde për të çuar në cigare?

Shofer

Ishin shumë gjëra. Nuk dua të shqetësoj për problemet e mia.

Vincent

S'ka problem. Por unë mund të jem një mik dhe këshilltar i mirë për ty. Çfarë po të shqetëson?

Shofer
Unë, Lindsi dhe Riani formuam një familje të bukur. Punoja në një metalurgji, gruaja ime ishte mësuese dhe im bir ishte nën kujdesin e pastruesit të shtëpisë. Ishim një familje e lidhur ngushtë, e qëndrueshme dhe e lumtur. Derisa bëra një gabim në punë dhe u pushova nga puna. Pas kësaj, dyshemeja ime u shemb. Unë kisha nevojë për atë të kujdesesha për djalin dhe asnjë përpjekje tjetër, nuk më pëlqente gruaja. Përleshjet filluan, bashkimi ynë u shpërbë dhe na u desh të ndaheshim. Ajo dhe djali im më morën shtëpinë dhe duhej të transferohesha në një apartament. U bëra shofer i vetëpunësuar që të paguaja faturat. Pata një moment pikëllues vetmie dhe kjo më bëri ta bëja zakon të pija duhan. Që atëherë, nuk e kam ndaluar këtë varësi të mallkuar.

Vincent
Është vërtet një histori e trishtueshme. Por nuk mendoj se duhet të tronditesh. Nëse gruaja jote nuk e kuptonte dobësinë tënde, atëherë ajo nuk të donte aq sa duhet. E hoqe qafe një lidhje të rreme. Besoj se humbja e vetme ishte djali yt. Por mendoj se mund ta vizitosh dhe ta zbusësh këtë dëshirë. Ec përpara. Jeta mund të sjellë ende gëzime të mëdha. Gjithçka që duhet të bësh është të besosh në veten tënde. Hiq dorë nga cigaret sa të mundesh. Zëvendësoje këtë me praktikën e leximit, të kohës së lirë, të një bisede të sjellshme ose të një vepre artistike. Mbaje mendjen të zënë dhe simptomat e depresionit do të bëhen më të brishta. Një ditë do t'i thuash vetes: "Jam gati të jem përsëri i lumtur." Atë ditë, do të gjesh një grua fantastike dhe do të martohesh me të. Mund të kesh një punë më të mirë dhe një familje të re. Atëherë jeta jote do të rivendoset.

Shofer
Faleminderit shumë për këshillën, mik. Ky proces i rindërtimit të jetës sime duket sikur do të jetë tmerrësisht i ngadalshëm. Do të pres momentin e duhur për t'u rishfaqur. Ndërkohë, po shkoj me shumë besim. Vërtet, fjalët e tua më ndihmuan shumë.

Vincent
Nuk ke pse të më falënderosh. Besoj se Zoti i frymëzoi fjalët e mia. Le të vazhdojmë!

Një heshtje qëndron midis çiftit. Makina përshpejtohet dhe dielli fillon të ngrihet. Kjo ishte një shenjë e madhe. Dielli erdhi për të sjellë energjinë e nevojshme për të ngrohur muskujt, shpirtin dhe zemrën. Ishte një frymëmarrje për shpirtra të tillë të trazuar.

Udhëtimi pasoi dhe ata nuk erdhën koha për të arritur fatin përfundimtar dhe për të pushuar nga puna e tyre.

Mbërritja në seminar

Çifti më në fund arrin në seminar. Duke zbritur nga makina, djali paguan biletën, largohet nga makina dhe ecën drejt hyrjes imponuese të ndërtesës. Një përzierje e ankthit, dyshimit dhe nervozes e vazhdoi atë. Çfarë do të ndodhte? Çfarë ndjenjash të pritnin në banesën e re? Vetëm koha mund t'u përgjigjej pyetjeve tuaja më të brendshme.

Ai ishte tashmë në dhomën e telefonatave. Me valixhen në krahë, ai filloi t'u përgjigjej pyetjeve të njërës prej murgeshave.

Angjelika

Nga vjen? Sa vjeç je?

Vincent

Unë jam me origjinë nga Civitavecchia. Jam 12 vjeçe dhe po vij në jetën fetare.

Angjelika

Shumë mirë. Dije se jeta fetare nuk është një mënyrë pa mundim, djalosh. Rruga në botë është shumë më ftuese dhe më e lehtë. Të jesh fetar është një përgjegjësi e madhe. Fillimisht, duhet të përqendrohesh te studimet. Nëse e kupton se ke një prirje fetare, atëherë duhet të bësh hapin tjetër. Çdo gjë ka kohën e duhur.

Vincent

Kuptove. Kështu do të veproj. Mund të jesh i sigurt.

Angjelika

Pra, çfarë mund të them? Mirë se erdhët, e dashur. Shtëpia e shpresës është një vend që i mirëpret të gjithë. Ne presim që ju të përputheni me rregullat e sjelljes. Respekti është komandë ynë kryesor.

Vincent
Faleminderit shumë. Të premtoj se do të jetë mirë.

Djali u dërgua në një nga dhomat. Ndërsa udhëtimi kishte qenë i lodhshëm, ai u nis për të pushuar. Atij iu desh ta merrte veten plotësisht që të fillonte veprën e tij apostolike.

Vizita e Zonjës sonë

Pas darkës, djali u mblodh në lutje në dhomë. Një heshtje turbulluese mbushi natën. Disa çaste më vonë, ai fillon të ndjejë një fllad të hollë. Një grua afrohet nga brenda një reje të bardhë dhe ulet në dhomë. Ajo ishte një grua Kafe, gazmor, me fytyra të dhe një buzëqeshje mahnitëse.

Vincent
Kush je?

Meri
Emri im është Maria. Unë jam ndërmjetësi i të gjitha mirësive të nevojshme për të gjithë njerëzimin.

Vincent
Çfarë kërkon nga unë?

Meri
Dua të përdor për të paralajmëruar njerëzimin. Jetojmë në kohë mizore. Njerëzimi është larguar nga Perëndia dhe djalli ka sunduar botën me urrejtjen e tij. Ka shumë pak shpirtra të mirë.

Vincent
Çfarë duhet të bëj?

Meri
Lutu shumë. Lutuni rruzaret çdo ditë për shërimin e njerëzimit. Duhet të bashkojmë forcat për të shpëtuar njerëzimin.

Vincent
Çfarë i thua rrugës sime apostolike?

Meri
Ke gjithçka për t'u rritur në kishën time. Ti je një studiues i ri, i arsimuar, me vlera dhe me një zemër të mirë. Ju jeni një nga ata të zgjedhur

për të rivendosur Kishën e Re, një fe më përfshirëse që mendon për të gjithë shërbëtorët e humbur.

Vincent

Jam e lumtur me një caktim kaq të mirë. Të premtoj se do t'i përkushtohem plotësisht. Ne duhet ta bëjmë kishën të evoluojë dhe të jetë dera e qiellit për besimtarët. Faleminderit shumë për këtë mundësi.

Meri

Nuk ke pse të më falënderosh. Duhet të ikim që këtu. Qëndro me Zotin.

Vincent

Faleminderit, nëna ime e dashur. Do të shoh me një mundësi tjetër.

Nëna e Perëndisë u kthye në re dhe në pultin e një syri u zhduk. I lodhur, djali shkoi të flinte. Ditët e ardhshme do të sillnin më shumë lajme.

Një mësim mbi fenë

Herët në mëngjes, pas mëngjesit, klasa e teologjisë filloi me nxënësit.

Mësues

Në fillim, Perëndia krijoi qiejt dhe tokën. Gradualisht, hapësirat u mbushën nga qenie të gjalla. Perëndia i madh është Perëndia i shumëllojshmërisë. Pastaj u krijuan miliona lloje të ndryshme, secila me funksionin e vet specifik. Speciet njerëzore u krijuan dhe iu dha detyra për t'u kujdesur për tokën. Çdo gjë ishte jashtëzakonisht e bukur me paqen që mbretëronte në të gjithë mbretërinë. Derisa njerëzit primitivë u rebeluan duke shkelur ligjin e krijuesit. Kështu erdhi mëkati që njollosi trajektoren njerëzore. Por të gjitha nuk humbën. Pajtimi me Perëndinë u premtua në një kohë të ardhshme. Kemi parë se Krishti e përmbushi mirë këtë rol duke na kthyer shenjtërinë. Nëpërmjet kryqëzimit të tij, Krishti bashkoi gjithë njerëzimin.

Vincent

Ka disa gjëra që nuk i kuptoj në këtë teori. A nuk ishte njeriu një dualist përgjithmonë? A vdiq Krishti për të na shpëtuar nga mëkatet tona apo ishte viktimë e një komploti të çifute?

Mësues
Në fakt, ne dimë pak për origjinën e njerëzimit. Dorëshkrimet e lashta raportojnë se shenjtëria e ruajtur nga qeniet njerëzore në origjinën e saj dhe se shkelja e ligjit hyjnor ishte shkaku i origjinës së mëkatit. Nuk ka asnjë mënyrë për të ditur se çfarë është e vërteta. Është ashtu siç tha Krishti: nuk ke pse të jetosh për të besuar. Lidhur me pyetjen e dytë, mund të themi se dy hipotezat janë të vërteta. Zotëria ynë ishte viktimë e tradhtisë, dhe kjo shërbeu si një sakrificë për njerëzimin. Krishti ishte i përsosur dhe nuk meritonte të vdiste. Vdekja e tij ishte çmimi i themelimit të Kishës dhe i shpëtimit tonë.

Vincent
E kuptoj dhe besoj. Kjo më bën t'u besoj fjalëve të tua. Krishti mund të jetë simboli i kësaj force krijuese që ndërton qenien njerëzore. Një forcë solidare, e kuptueshme, e falur që përqafon të mirën dhe të keqen, e cila pret gjithmonë pajtim. Por ajo është gjithashtu një forcë drejtësie, e cila mbron të mirën nga të këqijtë. Në këtë vjen koncepti i ligjit të kthimit. E keqja që bëjmë na kthehet me një forcë edhe më të madhe.

Mësues
Ashtu është, e dashur. Kjo është arsyeja pse është e nevojshme për të policisë vlerat tona. Është e nevojshme t'i korrigjojmë gabimet tona që të evoluojmë. Para se të flasësh, mendo. Një fjalë e pavend mund të dëmtojë shumë fqinjin tonë. Kjo dhembje mund të çojë në probleme të vazhdueshme psikologjike. E keqtrajton shumë shpirtin njerëzor.

Vincent
Kjo është arsyeja pse motoja ime gjithmonë nuk është lënduar askënd. Megjithatë, njerëzit nuk kujdesen njësoj për mua. As që u intereson t'u shkaktojnë dhembje e keqkuptime. Njerëzit janë shumë egoistë dhe materialistë.

Mësues

Kjo është arsyeja pse studiojmë teologjinë. Është të kuptojmë se Perëndia është një forcë më e madhe që befason dobësitë tona. Është e kuptueshme se falja është çlirim nga të metat tona. Është për të parë në flijimin e Krishtit një shenjë që të mund të luftojmë kundër armiqve tanë me sigurinë e fitores.

Vincent

Falemnderit, profesor. Po filloj të shijoj shkollën. Le të vazhdojmë!

Klasa zgjati gjithë mëngjesin dhe ishte një kohë kënaqësie dhe pranimi në besimin e Krishtit. Pasi mbaruan shkollën, ata shkuan të hanin drekë dhe të pushonin. Çdo gjë ishte mirë në shtëpinë e shpresës.

Bisedë në seminar

Kanë kaluar dy vjet që kur Vincent i ri studioi. Pastaj po afrohej momenti i bisedës që do të vendoste për të ardhmen tënde.

Murgesha

E kuptojmë se je një i ri shumë i zellshëm në të gjitha fushat. Duam t'ju përgëzojmë. Gjithashtu, duam të dimë se çfarë dëshiron për të ardhmen. Do vërtet të bëhesh prift?

Vincent

I vlerësoj fjalët. Unë kam qenë Krisht që kur kam lindur. Pra, përgjigja ime është pozitive. Dua të bashkohem me këtë zinxhir. Dua të fitoj shumë shpirtra për zotërinë tim.

Murgesha

Shumë mirë. Atëherë le të rregullojmë ritet e shenjta. Më përpara, mirë se erdhët në klasë.

Vincent

Falemnderit shumë. Të premtoj se nuk do të zhgënjej.

Jeta pasoi. Vincent u caktua prift dhe filloi veprimtarinë e tij priftërore. Ishte realizimi i një ëndrre të vjetër dhe e dija se ishte krenaria e familjes.

Hyrja në kongregacionin pasionit

Vincent iu drejtua kongregacionit pasionit me qëllim që të kishte një takim me themeluesin.

Pavli i Kryqit

A do të thuash se je i interesuar të bashkohesh me kongregacionin tonë?

Vincent

Po. Shoh që flet shumë mirë për punën tënde. Kam një prirje për aktivitetet e tua. Dua të bëj më të mirën time dhe të kontribuoj në rritjen e ekipit.

Pavli i Kryqit

Më vjen mirë që po ia dalin. Kompania jonë është e hapur për të gjithë ata që duan të bashkëpunojnë. Puna jote apostolike më magjeps dhe më bën të besoj se ti je një blerje e madhe. Mirë se erdhe.

Vincent

Jam i lajkatuar. Është më shumë një ëndërr e bërë realitet. Mund të jesh i sigurt se do të bëj më të mirën time.

Vincent u integrua zyrtarisht në skuadër dhe filloi të angazhohej në punën shoqërore të kongregacionit. Ai ishte një shembull i dukshëm i një të krishteri.

Duke vizituar vendin si misionar
Në një fshat në Jug të Italisë

Fshatar

Do të thuash se je i dërguari i Zotit? Si mendon se mund të ndihmosh një fshatare të dëshpëruar?

Vincent

Unë sjell me vete paqen e Zotit. Me anë të mësimeve hyjnore, mund t'i kapërcesh problemet dhe të bëhesh një person më i arritur.

Fshatar

Shumë mirë. Si mund të jem i lumtur duke ndjekur ligjin hyjnor?

Vincent

Mbaji komandimet. Duaje Perëndinë së pari si veten tënde, mos vrit, mos vidh, mos e zili, puno për ëndrrat e tua, fal dhe bëj bamirësi. Këto janë disa gjëra që mund të bësh dhe të bëhesh një qenie njerëzore më e mirë.

Fshatar

Ndonjëherë ndihem e trishtuar për shkak të zhgënjimeve të mia personale. Ëndrra ime ishte të bëhesha mjek, por varfëria më bëri të merrja rrugë të tjera. Sot jam një punëtor dite dhe një makinë larëse. Me paratë nga puna, i mbështes tre fëmijët e mi. Burri im i alkoolizuar iku me një grua tjetër. Mendova se ishte mirë sepse ai ishte një barrë për jetën time. Akoma më kujtohen mashtrojnë ata e tua dhe kjo është e dhimbshme. Doja të gjeja një rrugë më të qartë për në jetën time.

Vincent

Kujdesu për fëmijët e tu. Ata janë pasuria jote më e madhe. Familja jonë është pasuria jonë më e madhe. Nga përvoja ime e jetës, trajtoji mirë. Ti do t'i plotësosh ëndrrat e tua nëpërmjet tyre.

Fshatar

E vërteta. Përpiqem shumë t'u jap gjithçka që nuk kisha. Unë jam një këshilltare e mirë nënë. Dua vetëm atë që është më e mira për fëmijët e mi.

Vincent

Është e mirë. Zoti do të bekojë dhe do të shërojë dhimbjet e tua. Ka të këqija që vijnë për të mësuar. Nuk ka fitore pa vuajtje. Dështimi na përgatit që të jemi fitues të vërtetë.

Fshatar

Lavdi Zotit. Faleminderit për gjithçka, Atë.

Vincent

Falë Zotit, fëmija im. Gjithë të mirat për ty.

Vepra e baritja të krishterë ishte absolutisht e mrekullueshme. Ai magjepsi turmat me mençurinë dhe besimin e tij në Krishtin. Një shembull i dukshëm se e mira mbizotëron gjithmonë.

Vdekja e themeluesit të kongregacionit

Pavli i Kryqit vdiq. Ishte një dhimbje e tmerrshme për Vincent, i cili ishte veçanërisht mik i mirë me të. Ishte një ditë e stuhishme. Një turmë mori pjesë në zgjim. Mes lutjeve dhe lotëve, ata vajtuan për humbjen e atij njeriu të madh. Vdekja është vërtet e pashpjegueshme. Vdekja ka fuqinë për të hequr praninë e atyre që duam më shumë.

Procesioni i funeralit u largua nga shtëpia dhe përparoi në rrugët e qytetit drejt varrezave. Ishte një pasdite me diell me erëra të forta që goditën fytyrat e tyre në mënyrë të frikshme. Atje përfundoi trajektorja e një njeriu fisnik. Një njeri i përkushtuar ndaj besimit të tij fetar.

Parada përpara nga vrima e hapur në varreza. Fjala e fundit i jepet dishepullit tuaj kryesor. E dashur Vincent.

"Ka ardhur koha për lamtumirën e një njeriu të madh. Një burrë me një karrierë të mrekullueshme para kongregacionit të tij. Ai me të vërtetë ka punuar misionin e tij. Në projektin e tij, ai ndihmoi mijëra njerëz me këshillat e tij, ndihmën financiare dhe shembullin e tij të mirë. Ai la gjurmë fisnikërie. Ai ishte krenar për familjen, shoqërinë dhe vëllezërit e tij të krishterë. Ishte e një karakteri të parevokueshëm që na frymëzoi të ishim qenie më të mira njerëzore. Shko në paqe, vëlla! Le të japë krijuesi Zot pjesën tjetër që meriton. Një ditë do të takohemi përsëri.

Mes lotësh dhe duartrokitjesh, trupi u varros. Aty përfundoi trajektorja e një njeriu të madh në tokë. U la t'i uroja shumë fat në banesën e tij të re të përjetshme.

Emërimi në postin e Peshkopit

Vincent Maria u rrit në misionin dhe shenjtërinë e tij. Vepra e tij apostolike u admirua nga të gjithë. Si shpërblim për punën e tij, dioqeza vendosi ta gradonte në postin e peshkopit.

Erdhi dita e madhe. Në një ceremoni private, klerikët u mblodhën në një festë të madhe.

Ish - Peshkop

Ka ardhur koha të tërhiqem dhe ta kaloj pjesën tjetër të pleqërisë duke pushuar. Ja, ne kemi zgjedhur Vincent Maria për të marrë vendin tim. Ai është një prift shumë i aftë për këtë punë. Projekti i tij në kongregacion ka qenë një mjet i vlefshëm për Kishën Katolike për të luftuar heretikët dhe për të pushtuar besimtarët e rinj. Të uroj fat të mbarë, e dashur. Ndonjë gjë për të deklaruar?

Vincent Meri

Është nder për mua të marr një dekoratë të tillë. Premtoj se do t'u qëndroj besnike bindjeve të mia dhe do t'i bindem ligjit të kishës së shenjtë mëmë. Zoti qoftë me mua në këtë rifillim të madh të ecjes.

Duartrokitjet ju janë dhënë të dyve. Ishte një cikël i ri në jetën e të gjithëve. Ata e dinin se dioqeza ishte e sigurt dhe se kisha e shenjtë nënë do të rritej edhe më shumë. Zoti qoftë me të gjithë!

Pushtimi i Napolon Bonaparte

Napolon Bonaparte ishte një perandor që uzurpoi Kishën. Për të sunduar mbi gjithë kongregacionin, ushtarët pushtuan dioqezën duke kërkuar një pozitë nga peshkopi.

Ushtar

Jemi këtu në emër të Napolon Bonaparte. Zoti Peshkopi, a i nënshtrohesh autoritetit të Napolon Bonaparte?

Vincent Meri

Kurrë. Nuk i nënshtrohem autoritetit të askujt. Unë jam i vetmi shërbëtor i Krishtit.

Ushtar

E pra, kjo është ajo. Do ta arrestoj. Do të kesh shumë për të vuajtur për të mësuar të respektosh autoritetet.

Vincent Meri

Nëse ky është vullneti i Zotit, jam gati! Mund të më marrësh. Nuk kam frikë nga drejtësia e njerëzve.

Peshkopin e çuan në burg. Ai më pas u internua në qytetet Novara dhe Milano për një periudhë prej shtatë vjetësh.

Periudha e mërgimit

Gjatë shtatë viteve ai u internua, Vincent vuajti llojet më të ndryshme të torturës fizike dhe verbale që provuan besimin e tij. Këto ishin kohë të vështira kur Imperializmi ishte fuqia më e madhe. Raporti i tij në burg:

"O Zot, sa vuaj! Unë e gjej veten në një mënyrë për të dalë. Shtypësit e mi janë shumë dhe të fortë. Ndihem shumë vetëm. Ndërkohë, zotëri, ju jeni forca dhe forca ime. Unë besoj në ty një ringjallje. Unë besoj se kjo është një fazë dhe se dora juaj e fuqishme mund të vijë për të transformuar jetën time. Unë besoj në vlerat e mia dhe në besimin tim. Çdo gjë do të shkojë mirë."

Ushtar

Mbretëria e Napolon Bonaparte ka rënë. Je i lirë të kthehesh në dioqezën tënde.

Vincent

Lavdi Zotit. Nuk di si t'ju falënderoj për këtë lirim. Për herë të parë në jetën time, ndihem plotësisht i lirë. Lavdi Zotit për këtë! Misioni im mund të vazhdojë.

Lamtumirë misionit

Vincent Maria mbajti postin e peshkopit edhe për disa vite të tjera. Si plak, kërkoi dorëheqjen. Pa detyrimet e tij, ai vazhdoi të ndihmonte në misionet ungjilltar. Misioni i tij zgjati deri në fund të ditëve të tij. Njohje fetare i tij zyrtar u bë në vitin 1950.

Fundi

www.ingramcontent.com/pod-product-compliance
Lightning Source LLC
LaVergne TN
LVHW021334080526
838202LV00003B/163